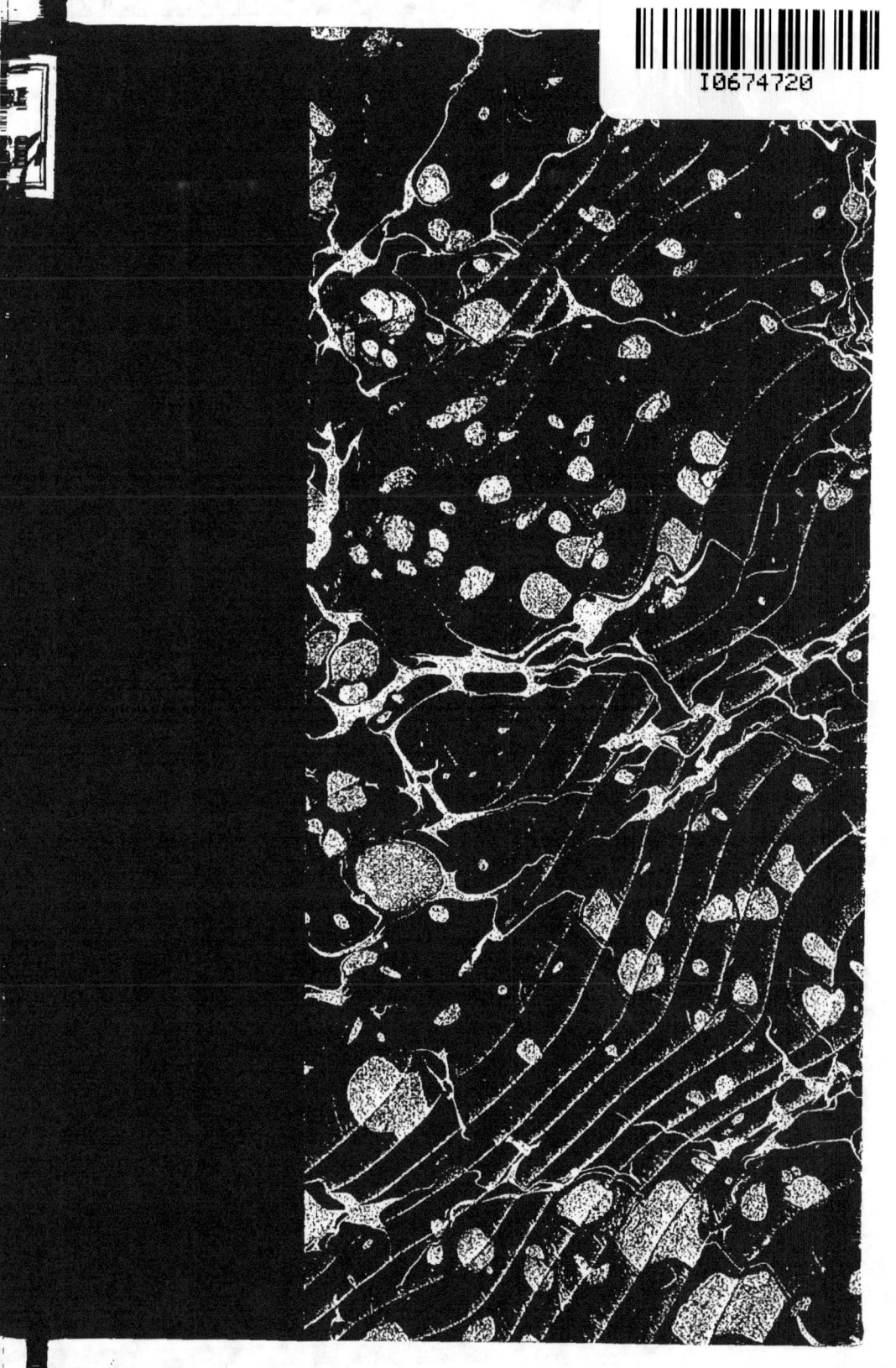

LE PASSAGE DE LA REYSSOUZE PAR NAPOLÉON.

221

26614

Imprimerie de MILLIET-BOTTIER.

LE PASSAGE

DE LA

REYSSOUZE PAR NAPOLÉON,

Petit Poème

PRÉCÉDÉ D'UNE INTRODUCTION HISTORIQUE

ET SUIVI DE NOTES.

—

Nous devons cela au lieu de nostre naissance
et de nostre demeure, de le rendre le plus honoré
et renommé qu'il nous est possible.

(*L'Astrée* de Messire HONORÉ D'URFÉ.)

BOURG-EN-BRESSE.

—

1846.

PRÉFACE.

Le chemin de Ronde était, il y a vingt ans, une délicieuse promenade. Il entourait la ville comme une blanche ceinture dans la campagne verte. Il suivait à distance les contours des remparts entre deux haies d'aubépine. Il passait çà et là sous de beaux ombrages, devant quelques maisonnettes. Les haies odorantes laissaient voir les prés, les champs, les jardins; et, plus loin, la vue se reposait sur de riants paysages ou s'égarait dans de lointaines perspectives. D'un côté, le coteau de Bel-Air, celui de la forêt de Seillon et les montagnes bleues du Revermont, rapprochaient l'horizon autour de la gracieuse église de Brou, tandis que, d'autres côtés, à l'extrémité des longues plaines ondulées qu'arrosent la Veyle et la Reyssouze, les regards se perdaient dans les montagnes du Mâconnais ou dans les prairies de la Bresse.

Le chemin de Ronde n'a plus ses ombrages : les grands peupliers, qui le bordaient depuis la porte de Lyon jusqu'à la porte Inutile, sont abattus; ceux qui s'élevaient entre la Charité et le Champ de Mars sont aussi tombés sous la hache; ceux enfin qui frémissaient autour de l'ancien cimetière n'ont pas résisté à la pioche qui démolit la tour des Champs. — Le chemin de Ronde ne suit plus, au nord, la même direction que les remparts; il n'a plus avec eux l'harmonie des lignes parallèles : deux rectifications, plus disgracieuses que nécessaires, l'ont déplacé. — Le chemin de Ronde n'a presque plus de haies d'aubépine : la ville, trop à l'étroit dans ses murs, vient lui prendre son soleil et sa vue; de vilaines clôtures, des maisons mal bâties l'envahissent; de longs établissements lui envoient des plaintes étouffées, et l'usine à gaz, des exhalaisons fétides. Il n'a plus que des échappées sur la campagne; il ne jouit plus de l'ensemble du paysage; c'est à peine si l'on peut chercher à l'horizon les hautes montagnes du Bugey et la cime du Mont-Blanc.

Aussi le chemin de Ronde qui vient d'usurper le titre de boulevard, usurpation qu'on lui reprocherait moins si ses divisions avaient reçu les anciens noms des remparts, les noms de Luysandre, de Montrevel, de Condé, de François Ier..., le chemin de Ronde, qui laisse ses fleurs et sa verdure se flétrir sous la pierre et la chaux, n'a plus guère de charmes pour le promeneur.

Heureusement pour ceux qui aiment les champs, il existe, un peu plus loin de la ville et presque tout à l'entour, de jolis petits chemins où l'on retrouve les doux aspects du pays. Quand on suit ces petits chemins, après avoir descendu le coteau de Bel-Air, on passe au pied de l'église de Brou et l'on arrive au moulin qui porte le même nom. C'est là qu'on traverse la Reyssouze : il y a un gué pour les voitures et une planche pour les gens à pied. Ce lieu n'est pas dépourvu d'agréments pittoresques. Là, le plateau de Brou se termine par une pente assez brusque, d'où jaillit une fontaine abondante et d'où l'on domine une partie de la ville et de la vallée; l'ombre de quelques peupliers tremble sur le toit du moulin; la rivière bouillonne dans le gour, et, au milieu des vagues inoffensives, de jeunes enfants gambadent tout nus.

La plupart des personnes qui traversent la Reyssouze en cet endroit ne se doutent guère que des pas immortels leur ont frayé le chemin.

Lorsque Napoléon visita Brou, il s'engagea dans les prés, monté sur un cheval arabe et accompagné de la garde d'honneur, qui avait peine à le suivre et à franchir les fossés, tant il allait vite. Pour arriver plus tôt, il se dirigea en ligne droite sur l'église; il ne pensait pas que l'humble rivière pût l'arrêter. Cependant il fut obligé de faire un détour et de passer au gué du moulin de Brou.

Ces circonstances, présentées ici telles que les raconte M. Bilon, le héros de la garde d'honneur, ont inspiré un petit poème. L'auteur ne s'est pas dissimulé l'ingratitude du sujet; mais il a été séduit par l'idée d'associer le doux nom de la Reyssouze au glorieux nom de l'Empereur; c'était d'ailleurs l'occasion de narrer le séjour du grand homme à Bourg, de reproduire les légendes de Brou, de recueillir des couplets inédits du général Joubert, de citer quelques lignes de MM. de Lalande et Th. Riboud, et d'emprunter à M. de Moyria sa gracieuse Idylle de la Reyssouze.

Voilà de bonnes intentions! et cependant l'auteur se reproche un grave méfait : il a ri de la garde d'honneur bressane, de cette compagnie d'élite dont il existe encore d'honorables débris après plus de quarante ans. Il dira bien que cette fantaisie poétique ne doit pas être prise au sérieux, qu'il fallait couvrir la pauvreté du sujet avec un peu d'enjouement... Mais Messieurs de la garde s'accommoderont-ils de cette nécessité littéraire? Se souviendront-ils, pour être plus indulgents, qu'un seul d'entre eux (M. Bilon) put se faire à l'allure impériale, et que les autres, en chevauchant moins vite, semèrent le grain de gaieté qui perce dans cette composition? Reconnaîtront-ils, du moins, que la prose de ce petit livre répare les torts de la poésie? Dieu le veuille!

INTRODUCTION HISTORIQUE.

INTRODUCTION HISTORIQUE.

—

L'EMPEREUR A BOURG-EN-BRESSE.

——

Au printemps de l'année 1805, lorsque l'Empereur allait à Milan se faire couronner roi d'Italie, la capitale de la Bresse, qui se souvenait des royales visites de François Ier et de Henri IV, eut aussi le bonheur

1*

d'ouvrir ses portes au plus grand homme des temps modernes.

La nouvelle de l'arrivée de Napoléon et de Joséphine se répandit à Bourg dès le 7 ventôse an **XIII**, (26 février 1805). On n'osait point croire, dit le *Journal de l'Ain,* à un si heureux événement, et la joie la plus vive éclata lorsque l'on entendit la proclamation suivante :

Habitants du département de l'Ain !

Leurs Majestés Impériales arrivent au milieu de vous ; elles honorent de leur présence pendant quelques jours le chef-lieu de votre département : cette marque signalée de confiance restera profondément gravée dans vos cœurs. Il y a trois ans qu'à Lyon, par l'organe de vos députés, vous leur exprimâtes votre vœu sur ce voyage ; en voici l'accomplissement. L'Empereur remplit aujourd'hui les promesses du premier Consul, et jamais Bonaparte ne promit en vain. Votre joie est égale à votre reconnaissance. Eh ! qui ne serait jaloux en effet de contempler le héros qui a fatigué la renommée du récit de ses exploits, et qui s'est surpassé lui-même en posant des limites à sa propre puissance ? Tous, d'une commune voix, vous vous écriez : *Vive l'Empereur Napoléon-le-Grand !* ce génie vaste et bienfaisant, qui rétablit nos temples, nous procura de sages lois, nous fendit la paix au dedans et la considération au dehors ! *Vive l'Impératrice Joséphine*, qui unit aux grâces les vertus les plus aimables !

Pour le Préfet absent *,

Le Conseiller de préfecture le représentant,

GAUTHIER.

Le 10 mars 1805, une lettre du grand-maréchal du palais, Duroc, confirma la prochaine arrivée de la cour, et le *Journal de l'Ain* s'écria galamment : « .... La route de Leurs Majestés sera jonchée de « feuillages, et de jeunes filles offriront à l'Impéra- « trice Joséphine la seule fleur dont la saison per- « mette de disposer dans nos climats, l'humble « violette, symbole touchant de la modestie et des « grâces que Sa Majesté sait si bien allier avec la « dignité et l'éclat du diadème. » Le lendemain, 11 mars, un détachement de la garde impériale entra dans la ville ; il se composait d'un lieutenant-colonel,

---

* Le préfet, M. de Coninck d'Outrive, venait d'être appelé à la pré-fecture de Jemmapes. Son successeur, M. de Bossi, habile administrateur et bon poète italien, auquel en doit la Statistique du département de l'Ain, arriva le 2 mars 1805 pour recevoir LL. MM. II., et fut lui-même accueilli avec distinction.

un capitaine, deux lieutenants et quatre-vingts sous-
officiers et chasseurs à cheval, grenadiers à cheval
et gendarmes de la légion d'élite. Le 14, le général
Ménard, commandant la 6ᵐᵉ division, fut reçu aux
portes de Bourg avec les honneurs militaires. Plusieurs autres officiers étaient déjà dans nos murs. Des
étrangers accouraient de tous côtés pour jouir de la
présence de Leurs Majestés Impériales. Les amateurs
de musique répétaient des sérénades et la compagnie
à cheval, destinée à former la garde d'honneur,
étudiait ses évolutions. Le 17 du même mois de mars,
le nouveau préfet écrivit aux maires :

Le passage de LL. MM. l'Empereur et l'Impératrice dans ce
département m'est annoncé, Messieurs, pour les premiers jours
de germinal ; je dois en conséquence vous rappeler les dispositions du décret impérial du 24 messidor an XII, relatives aux
honneurs qui doivent leur être rendus.

Je sais que l'impulsion de votre amour et de votre reconnaissance pour leurs personnes sacrées a déjà devancé, à cet égard,
celle de l'autorité ; que toutes les localités font des préparatifs
qui surpassent même les ressources qu'elles présentent ; que
toutes les classes, tous les âges, les deux sexes rivalisent d'em-
pressement à accueillir avec le plus d'appareil Leurs Majestés ;
je me bornerai donc à vous rappeler que le troisième alinéa de

l'article 22, section II, titre III, du décret impérial du 24 messidor an XII, porte :

« Les maires des communes attendront Leurs Majestés sur
« la limite de leurs municipalités respectives ; ils seront accom-
« pagnés de leurs adjoints, du conseil municipal et d'un déta-
« chement de la garde nationale. »

J'invite en conséquence MM. les maires des communes sur
le territoire desquelles LL. MM. l'Empereur et l'Impératrice
devront passer, à se conformer aux dispositions de cet article et
à en concilier l'exécution avec les préparatifs qu'ils auront faits
d'ailleurs pour donner plus d'éclat à leur réception.

Je ne puis au surplus qu'applaudir aux efforts que toutes les
communes s'empressent de faire pour manifester leur amour
et leur dévouement à Leurs Majestés ; je ferai connaître d'avance
à MM. les maires les lieux, le jour et l'heure où le passage devra
avoir lieu.

J'ai l'honneur de vous saluer, Messieurs, très-affectueuse-
ment.

. Rossi.

A mesure que l'on approchait du jour désiré, de
nouveaux avis, de nouvelles proclamations réveil-
laient l'enthousiasme.

Enfin, le 9 avril 1805 (19 germinal an XIII), le
préfet et le secrétaire général de la préfecture,

M. Guillon *, attendent LL. MM. II. à la limite du
département. Leurs Majestés s'arrêtent sous l'arc de
triomphe érigé au milieu du pont de Mâcon, et
M. de Bossi les complimente en ces termes :

A l'Empereur.

Sire,

C'est après avoir terminé la guerre civile et religieuse qui
désolait son pays depuis tant d'années, que le plus vaillant des
Bourbons ajouta la Bresse et le Bugey à la France. Mais c'est
l'épée à la main qu'il contraignit ses sujets à reconnaître ses
droits, et ce n'est que par un échange de territoire qu'il parvint
à reculer de ce côté les bornes de son royaume. Votre Majesté
Impériale, aussi avare du sang des Français que jalouse d'en
accroître la gloire, pacifia la France par la seule force de son
génie, et recula sa frontière jusqu'à ces provinces lointaines qui
furent deux fois les bornes de l'empire des Gaules et de celui
des Francs. Ce que le cours de plusieurs siècles n'avait fait
qu'ébaucher, V. M. le conçut, l'entreprit, l'acheva dans une
seule campagne. Une puissance militaire qui, forte de sa posi-
tion et de la bravoure de ses troupes, avait lutté plusieurs siècles
contre la monarchie française, ne put arrêter un mois Napoléon-
le-Grand. Napoléon vengea Louis XIV; il fit plus, il fit respecter

---

* M. Guillon est presque centenaire ; il habite Jasseron.

et chérir au-delà des Alpes cette même nation contre laquelle des cours ombrageuses avaient si long-temps travaillé à exciter et nourrir l'aversion et la haine de leurs vassaux ; et les enfants des guerriers de l'Assiète et de Turin, rangés maintenant sous de plus illustres drapeaux, se glorifient d'appeler les Français du doux nom de concitoyens et de frères.

Natif de cette contrée, si je me présente à V. M. à la tête des habitants de l'ancienne Bresse et du Bugey ; si, redevenu leur compatriote, je viens vous offrir l'hommage de leur admiration, de leur respect, de leur reconnaissance, c'est encore l'effet de vos étonnantes victoires, c'est celui de votre magnanime et lumineuse politique que vous voyez, Sire, dans une combinaison de circonstances qui m'est à la fois si chère et si glorieuse.

Ailleurs, peut-être, des appareils plus splendides auront signalé l'attachement des Français à la personne sacrée de Votre Majesté. Les habitants de l'Ain, célèbres par la simplicité de leurs mœurs, la constance de leurs affections, la loyauté et la droiture de leur caractère, vous reçoivent avec ce respect religieux que les héros seuls inspirent, et qui n'est dû qu'aux grands hommes dont les travaux ont bien mérité de l'humanité entière.

A l'Impératrice.

MADAME,

Faire le bonheur de celui qui fait le nôtre serait assez pour que nos vœux respectueux dussent vous devancer, vous accom-

pagner, vous suivre partout où vous porterez vos pas et cette
bienfaisante influence qui ne s'éloigne jamais de l'auguste personne de Votre Majesté. Mais vous avez, Madame, votre part
dans les œuvres pacifiques de son immense administration,
comme je vous ai vue jadis en partager les fatigues et les dan-
gers sur le premier théâtre de ses exploits et de sa gloire. Aussi
long-temps que l'héroïsme et les grâces auront des autels en
France, les bénédictions de ses habitants ne sépareront jamais
les noms de Napoléon et de Joséphine ; la postérité la plus
reculée se plaira encore à les répéter avec l'accent de l'enthousiasme et de la reconnaissance.

Belles prédictions ! pouvait-on prévoir que, cinq
ans après, Napoléon répudierait Joséphine pour
épouser Marie-Louise !!

De Mâcon jusqu'à Bourg, ce n'est qu'un cri d'allégresse sur le passage de LL. MM. La population
des campagnes se presse aux bords de la route avec
des fleurs, des rubans, des feuillages et des drapeaux.
La commune de Curtafond se distingue par un luxe
de devises et de poésie ; l'Empereur lui fait remettre
un tableau enchâssé dans un cadre superbement doré.

Le même jour, 9 avril 1805, à quatre heures du
soir, Leurs Majestés arrivent à Bourg ; elles ont à
leur suite :

Le colonel général de la garde;

Le grand maréchal du palais;

Le grand écuyer;

Le premier écuyer de l'Impératrice;

Une dame d'honneur : Mme de Larochefoucault ;

Quatre dames du palais : Mmes Sérent, Savary, d'Arberg, Mlle d'Arberg ;

Deux aides-de-camp : le général Caffarelli, le général Lemarois ;

Quatre chambellans : MM. Médouville, Thiars, Mercy-d'Argenteau, Beaumont ;

Six écuyers : MM. Saint-Sulpice, Defrance, Canisy, Berkem, Oudenarde, Durosnel ;

Deux préfets du palais : MM. Beausset, Saint-Didier ;

Trois adjoints du grand maréchal du palais : MM. Macon, Reynaud, Clément ;

Un aumônier ordinaire : M. l'évêque de Poitiers ;

Secrétaire particulier de l'Empereur : M. Menneval ;

Secrétaire des commandements de l'Impératrice : M. Deschamps ;

Le ministre de l'Intérieur ;

Le ministre des Affaires étrangères ;

Le maréchal Moncey ;

Le conseiller d'État, M. Bigot-Préameneu.

Services.

Quatre maîtres d'hôtel ;

Trois huissiers ;

Sept valets de chambre de LL. MM. ;

Cinq femmes de l'Impératrice ;

Quatre femmes de chambre ;

Dix-huit personnes pour le service de la bouche ;

Trente valets de pied ;

Trente domestiques ;

Huit coureurs, sous-officiers de la garde ;

Deux piqueurs ;

Cinq courriers ;

Un secrétaire des équipages.

Le mamelouck Roustan.

Les magistrats de la ville attendent les illustres voyageurs à l'entrée du faubourg de Mâcon. Les magistrats sont tous en grand costume ; la société

des amateurs de *musique guerrière* les précède ; ils
sont escortés par un détachement de la garde nationale sédentaire et par cent cinquante militaires de
tous grades, pensionnaires du gouvernement, réunis
volontairement sous les auspices du général de
brigade Valette, commandant le département de
l'Ain.

La voiture de LL. MM. s'arrête sous l'arc de
triomphe dédié *au vainqueur de Marengo et aux grâces
de Joséphine.* Les cris de *Vive l'Empereur ! Vive
l'Impératrice !* retentissent. La garde d'honneur, qui
s'était portée jusqu'au Guidon, caracole en avant et
et aux flancs du cortège ; les vingt-cinq jeunes gens
qui la composent sont commandés par MM. Monnier,
capitaine, et Durand, lieutenant, ex-officiers de
cavalerie ; ils ont pour uniforme : habit bleu avec
aiguillette blanche sur l'épaule gauche, parements
et collet couleur biche, pantalon de même, boutons
blancs aux armes de l'empire, panache blanc et
cocarde tricolore au chapeau, bottes à l'écuyère ;
leur étendard est orné par *la main des grâces.*

Le maire, M. Chossat-Saint-Sulpice, présente à
l'Empereur les clefs de la ville, et lui dit :

Sire,

La ville de Bourg apprécie avec une respectueuse et vive reconnaissance l'honneur de jouir de la présence de Votre Majesté..... Nos annales nous ont transmis le souvenir de deux époques intéressantes pour les Bressans : François Ier séjournant dans cette ville, Henri IV parcourant la Bresse et la réunissant à la France, semblaient nous présager la destinée flatteuse de posséder un jour le héros le plus célèbre, et le souverain le plus digne de l'enthousiasme et de la reconnaissance des Français.

Puis, s'adressant à l'Impératrice :

Madame,

Les habitants de cette ville s'empressent d'offrir à Votre Majesté l'hommage des sentiments de reconnaissance et de respect que votre présence excite dans leurs cœurs. Daignez en agréer l'expression avec cette bonté touchante qui tempère l'éclat de votre rang et vous assure l'amour d'un peuple sensible. Celui de Bourg conservera à jamais le souvenir précieux de cet instant où il va posséder dans l'étroite enceinte de ses murs ce que le ciel accorda de plus grand et de plus cher aux mortels : la gloire unie à la bienfaisance.

L'Empereur et l'Impératrice accueillent avec bonté ces compliments, et continuent leur marche au milieu des acclamations générales, au son des cloches et au bruit de l'artillerie que servaient, sur le Bastion, des canonniers volontaires en uniforme sous les ordres de M. Chanron *. Le cortège arrive à travers une foule immense à l'hôtel de la préfecture transformé en palais impérial, meublé et décoré par les soins des habitants les plus riches.

A peine arrivé, l'Empereur demande à voir le plan de la ville, et, après l'avoir examiné un quart d'heure, il monte à cheval, précédé, escorté et suivi seulement de la garde d'honneur. Il parcourt la ville et les alentours. Il va visiter l'église de Brou. Pour s'y rendre, il passe par les prés et traverse la Reyssouze : c'est le sujet du petit poème, comme on l'a déjà dit. De l'église de Brou, il gagne le collège à travers champs.

Sur son passage, il rencontre deux militaires en retraite : « Que faites-vous là, leur dit-il ?... Etes-« vous mariés ?... Mariez-vous, faites des enfants « pour la patrie... »

Arrivé au collége, il interroge le directeur et

---

* Il existe une brochure de 7 pages, intitulée : Liberté. Egalité. Justice. — Rapport fait au nom des canonniers de Bourg, relatif à la translation des terroristes de l'Ain dans le Jura — à la Société populaire de Bourg, — par François-Marie Chanron, lieutenant de la compagnie des canonniers de Bourg.

plusieurs élèves. L'un d'eux lui récite des vers d'un rhétoricien, le jeune Nivière :

> Jeune et puissant Héros dont les rares vertus
> Nous donnent à la fois un César, un Titus,
> Invincible Empereur dont le vaste génie
> Etonne l'univers et soutient la patrie ;
> Toi ! qui dans ta sagesse, en imitant les Dieux,
> Sais agir et créer, et vois tout par tes yeux ;
> Tu viens faire jouir cette heureuse contrée
> Du règne bienfaisant de la divine Astrée.
> Ah ! daigne recevoir de nos débiles mains
> Et l'hommage et l'encens que t'offrent les humains,
> Que nous osons t'offrir du cœur le plus sincère.
> Célébrant tes hauts faits, tes sublimes destins,
> Mille autres te loueront sur la lyre d'Homère,
> Et, donnant à leurs vers un harmonieux tour,
> Sans doute mieux que nous ils sauront dire et plaire ;
> Mais, Sire, ils ne pourront surpasser notre amour.

Egalement satisfait des élèves et des maîtres, l'Empereur leur fait donner sur le champ 60 pièces de 20 francs et gratifie le directeur, M. Creuzet, d'une pension annuelle de 600 francs.

Au retour de sa promenade et après son dîner,

S. M. reçoit les conseillers de préfecture, les membres du Conseil général du département, le maire, les adjoints, le Conseil municipal, la Commission administrative des hospices et diverses députations. Un membre du Conseil général, M. le docteur Vaulpré, questionné sur l'insalubrité de la Dombes, se plaint de ce que la conscription enlève plus de bras à l'agriculture que la fièvre. L'Empereur lui répond sèchement : « Préfèreriez-vous, Monsieur, « que les Autrichiens et les Russes vinssent faire vos « moissons ? » Disons tout de suite que, dans la soirée, S. M. témoigne le désir de revoir le défenseur de la population des campagnes : on le cherche. Des amis avaient déterminé M. Vaulpré à s'éclipser. On revient annoncer qu'il a quitté la ville. « Tant pis, « s'écrie l'Empereur, c'est un brave homme que « j'aurais revu avec plaisir, et à qui j'espérais faire « comprendre que les circonstances politiques ne « pouvaient pas me permettre d'accueillir son vœu.* » — Dans cette audience, à laquelle assistait l'Impératrice, le maire de Bourg sollicite plusieurs faveurs

* Cette anecdote, qui fit grand bruit, a été diversement racontée. Voy. la Biographie des hommes célèbres du département de l'Ain.

pour la ville; il obtient 24,000 francs destinés à la
création d'une filature de coton et les fonds nécessaires
à l'achèvement du monument Joubert. Un adjoint,
moins heureux, n'ose pas présenter *une de ses filles,
âgée de neuf ans, qui désirait parler en ces termes :*

O vous, grand Roi que l'univers admire,
Me présenter est sans doute indiscret.
Je le sens trop, ma faible voix expire ;
Mais dans mon cœur, pour offrir ce placet,
Je trouve heureusement un appui nécessaire.
C'en est fait, je ne crains plus rien :
Des Français vous êtes le père,
Et je vous parle pour le mien.

L'Empereur se retire dans son appartement ;
l'Impératrice passe dans le sien et admet plusieurs
dames à l'honneur de lui être présentées.

Le soir, salves d'artillerie, carillon de cloches et
grande illumination. *L'hôtel-de-ville, décoré de
médaillons et de transparents faisant allusion à la
circonstance, présentait un aspect majestueux.*

Le lendemain, à cinq heures du matin, l'Empereur admet à son audience les membres des corps

électoraux, les tribunaux criminels et civils, le clergé et les fonctionnaires des diverses administrations. La Société d'Emulation profite du dernier instant qui restait après l'audience, et son secrétaire, M. Thomas Riboud, porte la parole en présentant la Notice des travaux de cette compagnie.

L'Impératrice, en sortant de ses appartements, accueille avec bienveillance Mesdames Dubost et de Corcelles qui viennent solliciter sa générosité pour les pauvres. Au même instant, l'Empereur parait et leur fait compter 5,000 francs. L'hôpital reçoit aussi 3,000 francs; et le curé, pareille somme pour ses aumônes secrètes.

A huit heures du matin, LL. MM. II. montent en voiture, emportant les regrets des habitants qui se pressent autour du cortège. Elles passent sous les colonnes triomphales élevées en leur honneur près de l'église de Brou, et saluent gracieusement les magistrats qui les attendent à leur sortie de la ville comme, la veille, à leur entrée.

Le grand homme gagne Lyon par Pont-d'Ain et Meximieux. A La Chapelle, il congédie la garde d'honneur qui comptait le suivre jusqu'à Pont-d'Ain

2

et faire un joyeux repas chez Micaud ; elle se dé-
dommage à Chiloup.

Pendant que l'Empereur déjeûne sur l'herbe avec
Joséphine, lisons les couplets qui devaient être
chantés devant LL. MM., si leur séjour à Bourg
avait été plus long. Ces couplets de circonstance,
auxquels le nom de l'auteur donne quelque prix,
sont de M. Gabriel de Moyria.

Dans nos murs nous vous possédons ,
Prince chéri de la victoire.
Avec transport nous admirons
Et vos talents et votre gloire.
Mais en présence du vainqueur
Qui naguère a sauvé la France,
Le premier sentiment du cœur
Pour nous est la reconnaissance.

Quelle allégresse, en ce beau jour,
Eclate sur votre passage ?
D'un peuple bon et sans détour,
Ah ! ne dédaignez pas l'hommage.
On peut avec plus de talent,
Par des accords dignes de plaire ,
Vous en offrir un plus brillant,
Mais non jamais un plus sincère.

Pour le bonheur du genre humain
La Providence vous fit naître ;
Et dans vous nous trouvons enfin
Un protecteur plutôt qu'un maître.
Déjà de vos heureux sujets,
Grand Prince, vous êtes l'idole,
Et votre règne désormais
Des souverains sera l'école.

Vous, du malheur auguste appui,
D'un héros compagne fidèle,
Vous méritez, ainsi que lui,
Et notre hommage et notre zèle.
Des bons cœurs les vœux sont remplis :
Vous possédez une couronne,
Et, juste enfin, le ciel a mis
La bienfaisance sur le trône.

Sous votre empire aimable et doux
La France ne peut qu'être heureuse.
Chacun sait que l'on trouve en vous
Une âme noble et généreuse.
Vous savez à la majesté
Joindre la grâce et l'indulgence,
Et tempérer par la bonté
Le vif éclat de la puissance.

Est-il un sort plus glorieux ?

D'un héros vous êtes chérie,

Et, pour serrer d'aussi beaux nœuds,

Vous semez des fleurs sur sa vie.

Ah ! puissiez-vous encor long-temps,

Réalisant notre espérance,

Lui rendre par vos soins touchants

Le bonheur que lui doit la France.

Le même jour, 10 avril 1805, à trois heures du soir, l'empereur arrive à Lyon et, le 15 avril, il adresse à M. le maire de Bourg un magnifique présent. Voici la lettre d'envoi :

Du palais impérial, à Lyon, le 25 germinal an XIII.

Le Grand Maréchal du palais à M. le Maire de la ville
de Bourg.

L'Empereur m'a donné l'ordre de vous transmettre, Monsieur, son chiffre sur une tabatière enrichie de diamants, comme une marque de son estime pour vous et comme un temoignage de la satisfaction qu'a fait éprouver à Sa Majesté la bonne administration de la ville de Bourg.

Je vous prie d'agréer l'assurance de ma parfaite considération,

DUROC.

Telles sont les principales circonstances relatives au séjour de l'Empereur à Bourg, recueillies, pour la plupart, soit dans les archives de la mairie, soit dans le *Journal de l'Ain,* le seul de l'époque, dont la collection est rare aujourd'hui.

—◎—

LE PASSAGE DE LA REYSSOUZE

PAR NAPOLÉON.

LE PASSAGE DE LA REYSSOUZE

PAR NAPOLÉON.

———

L'Empereur, sans page
Et sans équipage,
Voulut voir à Brou [1]
Celle à qui la vie
Au pied fut ravie
Par un petit trou [2].

2*

« Messieurs de la Bresse,

« C'est bien, le temps presse,

« Vous m'offrez vos cœurs;

« Dites, je préfère,

« A Guillot [3] de faire

« De bonnes liqueurs !

« Vite, allons! qu'on parte?

Adonc Bonaparte

Souffle sur l'encens.

Il part; on l'escorte

D'une troupe accorte

D'écuyers bressans.

Le peuple se rue

Criant dans la rue :

Vive l'Empereur !

Une voix trop vive

Répond : Le Roi vive [4] !

Mais c'est une erreur.

Les chevaux s'élancent,
Dans l'air se balancent
Les plumets touffus,
La fanfare sonne,
Le pavé résonne
Sous les pas confus.

La civique garde,
Qui d'en haut regarde
Le peuple en sabots [5],
Dit : « Jour mémorable !
« Que c'est honorable !
« Que nous sommes beaux ! »

On va ventre à terre;
Le grand militaire
Va toujours ce train.
« Messieurs ! dit la garde,
« Messieurs ! prenons garde !
« Tenons-nous au crin. »

Franchissant l'espace,
Quatre-Vents l'on passe
Sans se détourner.
« Diable ! on se fourvoie ;
« A Brou quelle voie
« Va donc nous mener ? »

« Brou ne peut lui plaire,
« Dit le populaire. »
Lors on s'écria :
« Tiens ! la cavalcade
« Va voir la cascade
« De Ceyzéria [6] ! »

La bande guerrière
Poursuit sa carrière
Tout droit au matin ;
L'escorte bressane,
Suant sans tisane
Maudit son destin.

Mais dans la prairie
La cavalerie
Entre brusquement.
Adieu la cascade !
Pour la cavalcade
Quel soulagement !

De fait, l'homme illustre,
Par les prés que lustre
L'impur escargot,
Va voir l'immortelle
Tombe de dentelle
De *gente Margot* [7].

Il sait, le maître homme,
Il sait bien qu'à Rome
Tout chemin conduit,
Et qu'à gens de guerre
Le chemin vulgaire
Pas toujours ne duit.

« Enfin l'on respire !

« Le chef de l'empire

« Peut doubler le pas !

« Car sur la verdure

« La chute est moins dure

« Et l'on n'en meurt pas. »

L'escorte de Bresse

Alors se redresse

Sur ses étriers,

Et, plus ferme en croupe,

A l'air d'une troupe

De vaillants guerriers.

Moins vite l'orage

Qui souffle avec rage

Pousse un tourbillon ;

Moins léger s'élance

Le chevreuil qu'on lance

Au bois de Seillon [8].

La troupe aguerrie
Passe la prairie
En moins d'un instant.
Mais quoi? l'avant-garde
S'arrête et regarde;
Qu'est-ce qu'elle attend?

C'est que l'on arrive
Sur l'abrupte rive
Du fleuve bressan;
C'est que l'on hésite,
C'est que l'on visite
Le bord menaçant.

« Quoi! l'on tergiverse!
« Pas un ne traverse!
« Dit le grand vainqueur;
« Deux pieds d'eau paisible!
« Vraiment c'est risible;
« Allons donc! du cœur! »

On tente aventure.
Lors chaque monture
Ouvre les nascaux,
Sent la fondrière,
Se cabre en arrière
Devant les roseaux.

Le nouvel Hercule,
Qui voit qu'on recule,
Grille dans sa peau;
Sa main prend son glaive
Et son front soulève
Son petit chapeau.

« A l'eau qu'on s'élance !
« Un peu de vaillance,
« Frères de Joubert [9] !
« Du haut de son temple
« Margot vous contemple [10]
« Avec Philibert [11] ! »

Alors le plus brave
Des mangeurs de rave [12],
Qui sait le terrain,
Des rangs se dégage
Et tient ce langage
A son souverain :

« Veuillez me permettre,
« Mon seigneur et maître,
« Que très-humblement
« Je vous communique
« Le moyen unique
« De traversement.

« Suivons cette rive
« Du côté qu'arrive
« L'eau du Revermont.
« Ce n'est que l'affaire
« De cent pas à faire
« Pour passer d'amont.

« Il est à la porte

« Du moulin qui porte

« Le vieux nom de Brou ;

« Un endroit guéable

« Et fort agréable

« Où l'on passe prou.

« Là, le bord s'évase ;

« Au lieu de la vase

« Des impurs viviers,

« On voit dessous l'onde

« Une couche blonde

« De petits graviers.

« Sire, il n'est sans doute

« Aucun qui redoute

« De suivre vos pas,

« Et qui ne s'estime

« Heureuse victime

« D'un noble trépas.

« Mais que l'on affronte
« La mort sûre et prompte
« Dans ces flots croupis,
« Et que l'on expire
« Sans fruit pour l'empire,
« Est-il rien de pis ?... »

Ainsi, moins la rime,
L'orateur s'exprime ;
La rime n'est rien,
Car en dépit d'elle
Je suis plus fidèle
Qu'un historien.

Mais las ! sans attendre
L'épilogue tendre
De ce beau discours,
Le vainqueur d'Arcole
Déjà caracole
En amont du cours.

Dans le gué limpide
Son coursier rapide
Passe heureusement.
Et, suivant ses traces,
La garde rend grâces
D'un tel dénouement.

Reyssouze incomprise,
A tort l'on méprise
Et l'on avilit
Ton onde qui creuse
Dans la Bresse heureuse
Un modeste lit,

En vain l'on s'escrime
A te faire un crime
De ne pas courir,
Folle échevelée,
Dans l'humble vallée
Que tu fais fleurir.

En vain le vulgaire,
Qui ne s'émeut guère,
Ne voit dans tes joncs
Qu'une grenouillère,
Grande fourmilière
De petits goujons.

En vain l'on oublie
Que tu fus jolie
Pour cet autre Urfé
Qui, dès son jeune âge,
Dans ton voisinage
A philosophé [13].

Dors sur ta pelouse
Sans être jalouse
Des flots bouillonnants,
Reyssouze formée
De l'eau parfumée
Des bois de Journans [14].

Si ton cours serpente
Sans rapide pente
Et sans lit profond,
Ils sont tes rivages
Exempts des ravages
Que les torrents font,

Ta rive trop pleine
S'épand sur la plaine
Sans flot assassin.
La jeunesse ardente,
Sans être imprudente,
Nage dans ton sein.

La faneuse puise
Ton onde qu'épuise
La soif du faucheur.
Les troupeaux vont paître
Sur ton bord champêtre,
Chéri du pêcheur.

Et plus d'une Astrée,
Moins bien accoutrée
Qu'au bord du Lignon,
Te livre, sans crainte
De ta froide étreinte,
Son pied moins mignon.

De tout temps, du reste,
Ton mérite agreste
Eut des partisans;
Mais moi, je révèle
Ta gloire nouvelle
A tous les Bressans.

Le preneur de trône,
Qui franchit le Rhône,
Les Alpes, le Rhin
Et maint flot sauvage,
Devant ton rivage
Tâta le terrain.

Oui, gloire certaine,
Le grand capitaine
Que rien n'arrêta,
Plus d'une seconde,
Vers ton eau féconde
De peur hésita.

Si, plus intrépide,
Dans ton gué limpide
Il passa tout droit,
A la renommée
Par moi proclamée
Tu n'as pas moins droit.

3

Le guerrier célèbre
Du Nord jusqu'à l'Ebre,
L'Empereur enfin
Du pied daigna battre
L'écume d'albâtre
De ton sable fin.

Soldats de l'empire
Dont l'ardeur expire,
Vieux braves de l'Ain,
Vous devriez, ce semble,
Visiter ensemble
Le gué du moulin.

En passant la planche [15],
Votre tête blanche
Saluerait les flots,
Et votre voix, mue
Par votre âme émue,
Aurait des sanglots.

« Voici, dirait-elle,

« La place immortelle

« Que son pied toucha ;

« Voilà non lointaine

« La claire fontaine

« Dont il approcha. »

Vous diriez encore :

« Il faut qu'on décore

« D'un nom distingué,

« Il faut que l'on nomme

« Du nom du grand homme

« Cet illustre gué ! »

NOTES.

NOTES.

Note première.

Voulut voir à Brou.

L'église de Brou est connue des artistes et des voyageurs.
Tous les jours elle est visitée ; tous les jours des crayons s'exercent à copier ses gracieuses formes et ses admirables sculptures.
Une infinité de livres d'art, d'histoire et de géographie la mentionnent avec éloge. Il suffit de citer :

La *Chronique de Savoie de Paradin*, page 380 de l'édition de 1602 ;

L'*Histoire de Bresse de Guichenon*, article Brou ; et son *Histoire de Savoie*, chapitre de Philibert-le-Beau, ce dernier ouvrage orné de gravures ;

Les *Voyages pittoresques et romantiques dans l'ancienne France*, superbes dessins de Brou et brillantes pages de Charles Nodier ;

L'*Album de l'Ain* et celui de *Saône-et-Loire*, quelques lithographies ;

La *France littéraire*, travail sur Brou par M. E. Falconnet ;

Le *Courrier de l'Ain*, bons articles de M. C. sur le livre de M. Baux ;

Et les *Familles célèbres d'Italie*, belles gravures au trait représentant les tombeaux.

Les œuvres spéciales sur l'église de Brou sont déjà nombreuses. En voici une liste, incomplète peut-être :

1. — *Le blason de Brou, temple nouvellement édifié au pays de Bresse par très-illustre, très-excellente et vertueuse princesse dame Marguerite d'Autriche.* M. Baux a donné quelques extraits de ce petit poème qui fut composé vers 1533 par Antoine du Saix, commandeur de l'ordre de Saint-Antoine de Bourg, abbé de Chézery et aumônier du duc Charles de Savoie. Guichenon nous a conservé du même auteur une pièce de vers à la louange de Brou, intitulée : *Chant royal*, laquelle se voyait autrefois au côté droit de l'autel.

2. — *Les anciens Religieux de Brou contre les Pères Déchaussés*, 17 pages ms.

3. — *Histoire de la fondation et origine de l'église et monastère de Brou, et des curiosités que renferme ladite église, tirée mot à mot des archives de Brou.* (Ms.)

4. — Autre *Histoire* ms. du couvent des Augustins de Brou.

5. — *Description historique de la belle église et du couvent royal de Brou, tirée de leurs archives et des meilleurs historiens qui en ont écrit, par Raphaël de la Vierge Marie, religieux augustin déchaussé.* (Ms.)

M. Baux parle, page 125, d'un manuscrit actuellement déposé aux archives de l'Ain ; il en extrait le récit de la mort de Marguerite, et, à la fin de la citation, il en donne ainsi le titre : *Description historique de la belle église et du couvent royal de Brou*. Ce doit être le manuscrit du P. Raphaël.

6. — *Origine de Brou, extrait d'un manuscrit tiré des archives de Brou*. Ce manuscrit, de 69 pages, paraît être de la fin du XVIIᵉ siècle ; il est conservé dans une bibliothèque particulière de Bourg. Il est à croire que c'est le même, c'est-à-dire une copie du même, dont M. Amanton s'est servi pour sa notice de Colomban.

7. — *Histoire de l'église de Notre-Dame de Brou en Bresse, tirée fidèlement des actes de cette église, écrite par Claude-Alexandre Raffin, prêtre curé de Saint-Bonnet-de-Joux*. Ce manuscrit, dont l'original est à la bibliothèque de Lyon et dont il existe une copie à la Société d'Emulation de l'Ain, n'est que l'abrégé de la partie historique du précédent.

8. — *Histoire et description de l'église royale de Brou, par le R. P. Pacifique Rousselet*. La première édition est de 1788.

9. — *Considérations et recherches sur les monuments anciens et modernes du territoire de Brou, par Th. Riboud*, 1823. On sait qu'à l'époque de la révolution, l'église de Brou aurait été vendue et démolie (l'estimation en était déjà faite) sans l'intervention de M. Th. Riboud, alors procureur-général-syndic du département, lequel obtint que Brou fût conservé par l'Etat comme monument national.

10. — *L'Eglise de Brou, poème par Gabriel de Moyria, précédé d'une introduction par Edgar Quinet*, 1835. Réimprimé dans les *Esquisses poétiques*, 1841.

11. — *Notice sur André Colomban, architecte, par M. Amanton*. (Supplément à la *Biographie des hommes célèbres du département de l'Ain*, 2ᵉ vol., 1840.)

12. — *Dissertation sur l'église de Brou, sur les noms de ses*

3

architectes et sur ceux des auteurs des mausolées des ducs et duchesses de Savoie, par **M.-A. Puvis**, *président de la Société royale d'Emulation de l'Ain*, 46 pages, 1840.

13. — Tableau représentant la visite de François Ier à Brou. Ce grand tableau, peint par Mathieu, est dans le grand salon de la mairie de Bourg ; c'est un présent du gouvernement.

14. — Quelques lithographies de M. de Saint-Didier.

15. — *Notice sur Brou, à l'occasion de sept nouveaux documents trouvés dans les anciennes archives de Flandres, pour servir à l'histoire de cette église et à celle du couvent de Saint-Nicolas de Tolentin, par J.-C. Dufay, secrétaire de l'Intendance militaire de Lille et membre correspondant de la Société royale d'Emulation de l'Ain*, 46 pages, 1844.

16. — *Recherches historiques et archéologiques sur l'église de Brou, par J. Baux, archiviste du département de l'Ain, membre de la Société royale d'Emulation de l'Ain*. Un beau volume in-8° de plus de 500 pages, dont 176 de documents, orné de vignettes lithographiées, 1844.

17. — *Appréciation analytique* du précédent ouvrage *par* **M. Guillemot**, *membre de la Société royale d'Emulation de l'Ain*, 31 pages, 1844.

18. — Une *nouvelle dissertation sur Brou par* **M. Puvis** (encore manuscrite).

19. — *Monographie de Notre-Dame de Brou par Louis Dupasquier, architecte à Lyon*. Magnifique atlas in-folio de planches gravées et de planches coloriées, avec un travail littéraire in-4° par M. Didron, secrétaire du Comité historique des arts et monuments. Les deux livraisons parues promettent un ouvrage splendide.

20. — *Dissertation sur de nouveaux documents trouvés dans les archives du département du Nord, concernant l'église de Brou et la Bresse, depuis 1505 jusqu'en 1527 ; par J.-C. Dufay, secrétaire de l'Intendance militaire de Dijon, membre*

correspondant de la Société royale d'Emulation de l'Ain et de
la Commission des Antiquaires de la Côte-d'Or. Manuscrit de
75 pages, non compris 90 documents.

Une ancienne carte *du pays et comté de Bresse* donne, au
revers, une description de l'église de Brou; cette description,
dont quelques phrases semblent empruntées à Paradin, plaît
par son vieux langage :

« Auprès de ceste ville (Bourg-en-Bresse), il y a un convent
« d'Augustins nommé Brou, où il y a une tres belle église,
« dans laquelle sont plusieurs sepultures de marbre haut éle-
« vées des ducs de Savoye, fondateurs de ce monastere, et
« entr'autres choses les chaires (stalles) sont faictes de tres belle
« menuiserie à personnages. C'est un somptueux edifice, et le
« plus superbe bastiment, et la plus plaisante structure, pour
« un ouvrage à la moderne qui soit en l'Europe, et on le peut
« compter entre les miracles de beauté, non pour estre un
« grand amas de pierres, comme il y a en plusieurs églises de
« France et d'Italie, mais pour l'ingenieux artifice, pour la
« riche et plaisante assiette, pour la blancheur et polissure de
« la pierre, pour la vivacité des statuës sepulchrales, et pour
« la decoration des verrieres toutes enrichies par bel ordre
« des armoiries de toutes les alliances qui furent oncques con-
« tractées en la maison de Savoye. Je ne dis rien des beaux
« cloistres doubles, des lieux reguliers, dortoirs, refectoires et
« autres qui sont tres beaux. Le pavement du chœur de l'église
« et de la chapelle de Madame Marguerite d'Austriche est la
« chose la plus plaisante et delectable à voir qu'il est possible
« de trouver, pour estre le tout faict de singuliere plomberie,
« et entre-meslé d'images fort diverses, de sorte que ce pavé
« plaist si fort aux regardans, que l'on a quasi regret de mar-
« cher dessus. Le roy François I, apres avoir veu ceste église,

« quand il vint à Bourg en-Bresse, en fut ravy d'admiration ,
« disant n'avoir veu aucun temple de telle excellence pour ce
« qu'il contenoit.

« Il y a en ceste église une belle sepulture du beau duc de
« Savoye Philibert, haute élevée, faicte de marbre blanc avec
« un treillis de fer, et à main droite est représentée la duchesse
« mère dudit Philibert, nommée Marguerite de Bourbon, et il
« y a une autre sepulture de ladite Marguerite d'Austriche, fille
« de l'empereur Maximilian et femme dudit Philibert, qui est
« dans une chappelle à main gauche, haute élevée, de marbre
« blanc. Ce fut ledit Philibert et sa femme qui firent bastir cette
« église, suivant le vœu qu'en avoit faict ladite de Bourbon sa
« mère ; et dans ceste chappelle, il y a une table d'autel faicte
« d'albastre du trespassement de la Vierge mère de Dieu, qui
« est un tres bel ouvrage. En une autre chappelle est la sepul-
« ture du comte de Pont-de-Vaux et de sa femme, qui est faicte
« de bronze haute élevée, et au lieu où est le jubé de l'église,
« il y a un second chœur où les religieux chantent les Heures
« Canoniales. »

Les religieux de Brou avaient accrédité l'opinion qu'André
Colomban était l'architecte de cet édifice, et le P. Rousselet
n'osa pas combattre cette erreur, bien qu'il eût trouvé dans les
archives du couvent l'indication du véritable architecte.

Les documents authentiques, récemment recueillis tant par
M. Baux que par M. Dufay, prouvent : — d'une part, que la
construction du couvent commença en 1505, et celle de l'église
seulement en 1512 ; c'est à peu près ce qu'avaient dit Guichenon
et le P. Rousselet ; — d'autre part, que *maistre Loys* (Louis
Van-Boghen) fut le *maistre masson* qui dirigea les travaux de
l'église pendant toute la durée de sa construction.

On conteste à Van-Boghen la conception du plan de l'église
et du dessin des tombeaux. On veut en faire honneur à Jehan

Perréal dit Jean de Paris. Il est certain que Jean de Paris fit,
sinon un plan de l'édifice, du moins un dessin des sépultures;
et que *Michiel Coulombe, tailleur d'ymages à Tours*, fit,
d'après ce dessin, les *patrons* ou modèles en petit des tombeaux.
Mais il n'est pas prouvé que l'église et les tombeaux aient été
construits suivant les projets de Jean de Paris. Au contraire, il
est évident que Van-Boghen a modifié le plan qu'il trouva en
1512, que ce plan soit de Perréal ou de tout autre, et l'a
tellement modifié qu'il est devenu son œuvre; il est encore
évident qu'il a fait le *pourtraict* des tombeaux exécutés par
Conrad Meyt, et que l'on renonça conséquemment au dessin de
Jean de Paris et aux *patrons* de *Michiel Coulombe*.

De sorte que Louis Van-Boghen est réellement l'architecte
de l'église de Brou. — La *Statistique de l'Ain*, publiée en 1808,
prétend qu'on voyait encore à cette époque le tombeau de Van-
Boghen dans l'église de Ceyzériat; il est bien regrettable que
l'on n'ait pas lu et conservé son épitaphe.

Maintenant que penser d'André Colomban? Est-ce un être
imaginaire? Non: le P. Rousselet assure qu'il a vu son nom en
tête des listes d'ouvriers. Quelle part a-t-il prise à la construction de l'édifice? On peut conjecturer qu'il a dirigé, en sous-
ordre, une certaine partie des travaux de l'église; ou qu'il a été
l'architecte principal du couvent. Pourquoi a-t-il si long-temps
usurpé la place glorieuse de Van - Boghen? Si Colomban s'est
fait religieux à Brou, comme on l'a dit, on comprend que les
Augustins l'aient mis en première ligne dans leur estime.
D'ailleurs, la tradition a donné à Colomban un intérêt roma-
nesque qui l'a mis en relief et a fait oublier le Flamand Van-
Boghen. Et puis, l'on a dû préférer la douceur du nom de
Colomban à la rudesse de celui de Van-Boghen. M. de Moyria,
qui a chanté Colomban, aurait-il fait un poème sur Van-
Boghen?

D'un seul nom quelquefois le son dur et bizarre
Rend un poème entier ou burlesque ou barbare.

Les vers de M. de Moyria et la prose naïve des Augustins feront vivre le nom de Colomban.

Voici ce que les Augustins racontent de Colomban. On a fait souvent le même récit ; mais on n'a pas encore imprimé le texte même de leurs manuscrits. C'est le manuscrit n° 6 que l'on copie :

LÉGENDE DE COLOMBAN.

« Marguerite d'Autriche fit venir de France cent ouvriers,
« autant d'Allemagne, de Flandre et d'Italie, afin de rendre
« l'église de Brou la plus superbe du monde ; le prix fait en fut
« donné à André Colomban, natif de Dijon, et il était le maître
« architecte ; ce prix fait fut de deux cent mille écus d'or, mar-
« qués au coin de France ; il était alors âgé de trente-deux ans,
« homme en fait de bâtiments expérimenté et habile, comme
« on peut facilement juger par l'ouvrage de l'église de Brou.....
« André Colomban faisait travailler avec assiduité au superbe
« bâtiment..... Cependant, prévoyant, par la dépense qu'il
« avait déjà faite et qu'il fallait encore faire, qu'il dépenserait
« plus qu'il n'avait demandé, voyant que les voitures des prin-
« cipales pierres, qu'il faisait venir de Pise, coûtaient beau-
« coup, craignant de ne pas finir avec honneur son entreprise,
« résolut de se retirer et d'abandonner son ouvrage, ce qu'il fit
« le 28 septembre 1518. Le lendemain, 29 du même mois, ceux
« qui logeaient autour de Brou dans des loges de bois que
« André Colomban avait fait faire, ne voyant point leur maître,
« furent fort surpris ; ils attendirent jusqu'au soir ; et, André
« Colomban n'ayant point paru, ils le cherchèrent par toute la
« ville de Bourg, sans apprendre aucune de ses nouvelles. Les

« ouvriers portèrent cette fâcheuse nouvelle à Laurent de Gor-
« revod, qui donna ordre de le chercher par tout pays. Quelque
« perquisition qu'il put faire faire, on ne luy put jamais dire de
« ses nouvelles. Laurent de Gorrevod écrivit en Flandre à la
« princesse la fuite d'André Colomban. La princesse fut surprise
« de cet accident et luy écrivit de chercher quelque habile
« architecte. Ils en trouvèrent un ; mais il s'en fallut de beau-
« coup qu'il fût aussy expérimenté que l'autre : on le nommait
« Philippe Chartres ; il était natif de Chartres ; il prit le prix fait
« de Brou aux mêmes conditions qu'André Colomban, le 1er
« novembre 1518.

   « Cependant André Colomban, qui s'était retiré à Salins et
« qui avait pris l'habit d'ermite, de peur d'être découvert, se
« repentant d'avoir pris la fuite, comme il l'avait fait, consi-
« dérant que personne au monde que luy ne pourrait achever
« son dessin ; dans cette perplexité, il se résolut de s'en retourner
« à Brou pour voir si l'on suivait son dessein. Il y arriva avec
« son habit d'ermite, le 1er mars 1519. Il était inconnu sous cet
« habit à tous ses ouvriers ; il regarda attentivement l'ouvrage
« que l'on avait fait depuis son absence ; il visita toutes les loges
« où l'on travaillait les pierres. Il fut chagrin à l'instant de voir
« que tout ce que l'on faisait n'était ni de son goût ni de son
« dessin. Il ne savait pourtant quel parti prendre : il craignait
« que, si on le découvrait, on ne le punît de sa faute. Indéter-
« miné qu'il était, il se résolut à la fin (Dieu le permettant
« ainsy, pour ne pas laisser un ouvrage aussi beau que celui-là
« devait être, imparfait, parce qu'il devait être éternellement
« honoré dans ce lieu).

   « Il prit donc la résolution que, pendant le dîner de Philippe
« Chartres et de ses ouvriers, il détracerait les pierres et les
« retracerait selon son dessin. Le premier jour qu'il le fit, les
« ouvriers furent surpris de ce changement dans leur ouvrage,
« et Philippe Chartres plus qu'eux. L'ermite Colomban continua

« son jeu pendant huit jours. Philippe Chartres, étonné et en-
« nuyé en même temps de ce travers, porta ses plaintes à
« Laurent de Gorrevod, lui disant que, quelques mesures qu'il
« pût prendre, il ne pouvait achever son bâtiment, attendu
« qu'il ne savait point qui c'était, mais que depuis huit jours
« l'on changeait ses crayons, pendant qu'ils allaient prendre
« leur repas, et que par conséquent c'était toujours à recom-
« mencer, qu'il le priait d'y mettre ordre, car autrement il
« serait contraint de tout quitter. Laurent de Gorrevod, surpris
« de cela, dit à Philippe qu'il fallait mettre des ouvriers en
« sentinelle pendant qu'il irait dîner, afin de découvrir ceux
« qui faisaient ce manège ; et, quand on les aurait découverts,
« on se saisirait de leurs personnes, et qu'on les lui amenât,
« sans leur faire aucun tort ni mal, parce que c'était à lui-même
« à en faire justice, non pas à eux.

« L'ermite Colomban ne manqua pas, selon sa coutume,
« d'aller le lendemain aux loges, ignorant les ordres qui avaient
« été donnés de l'arrêter. Ceux qui étaient en sentinelle l'aper-
« çurent et virent qu'il effaçait les traits que l'on avait faits et
« qu'il en faisait d'autres. Dans le même moment qu'il travail-
« lait ainsy, les ouvriers parurent et saisirent le pauvre ermite
« au collet ; ils le maltraitèrent en paroles seulement, excepté
« un qui luy donna un soufflet de maçon. Ils le conduisirent à
« Philippe Chartres, lequel en même temps le fit mener à Lau-
« rent de Gorrevod. Quand ce généreux gouverneur eut vu ce
« pauvre ermite entre les mains de ces satellites et qu'il l'eut
« considéré attentivement, il luy domanda pourquoi il détruisait
« les traits des ouvrages de Brou, et ce qu'il était pour s'ingérer
« de semblable chose ; Colomban, qui crut que Laurent de
« Gorrevod l'avait reconnu, se jeta à ses pieds, luy demanda
« pardon et luy dit qu'il était l'architecte Colomban, et que,
« voyant qu'il n'aurait pas assez d'argent pour exécuter le
« dessin qu'il avait formé touchant la bâtisse de Brou, il avait

« résolu de se sauver ; que pourtant, chagrin de sa faute, il était
« revenu de Salins à Brou pour voir si l'on exécutait le dessin
« qu'il avait pour l'église, et que, voyant que l'on ne l'exécutait
« pas, il s'était avisé de retracer les pierres, comme elles de-
« vaient être ; mais que, si on voulait lui augmenter le prix fait
« de cent mille écus d'or marqués au coin de France, il repren-
« drait l'ouvrage et qu'il le parachèverait. Laurent de Gorrevod,
« très-aise d'avoir recouvert son architecte, lui promit les cent
« mille écus d'or qu'il demandait d'augmentation, et davantage
« s'il en fallait, luy disant qu'il avait eu tort de se sauver comme
« il avait fait ; que, s'il les avait demandés, on les luy aurait
« donnés. L'acte en fut passé le 12e mars 1519. Quant à l'ouvrier
« qui lui avait donné le soufflet, Laurent de Gorrevod lui or-
« donna de demander pardon à Colomban et, après cela,
« l'envoya en prison. Il en fut tiré quelque temps après, à la
« sollicitation de son maître.

« Colomban garda avec luy Philippe Chartres, pour luy aider
« et le soulager dans son entreprise. Dès le lendemain, après
« avoir quitté son habit d'ermite, il commença à faire démolir
« tout ce que l'on avait fait pendant son absence, et le fit
« rebâtir ensuite selon son dessin..... »

—

Note deuxième.

Par un petit trou.

Une petite blessure à la plante du pied gauche. Le mausolée
de Marguerite d'Autriche représente cette princesse morte,

avec une incision dans le marbre qui semble rappeler cette
blessure. En examinant la statue supérieure, qui est l'image
de Marguerite vivante, on remarque aussi qu'elle est représentée
avec une seule jambe, comme si elle venait de subir l'amputa-
tion. Les historiens du temps ont gardé le silence sur la cause
de la mort de Marguerite. On s'autorise de leur silence pour
douter de la tradition, et l'on regarde comme un défaut du
marbre la cicatrice du pied gauche. On a dit cependant que les
médecins de Marguerite avaient été intéressés à dissimuler un
évènement qui ne leur faisait pas honneur, que la cicatrice n'est
point un défaut du marbre, mais qu'elle a été tracée à dessein,
que l'intention est manifeste pour les regards attentifs, et que
le ciseau du sculpteur n'aurait pas constaté un fait de cette
nature dans un monument érigé moins de deux ans après la
mort de la princesse, si l'opinion générale et la notoriété publique
ne l'avaient autorisé. Quoi qu'il en soit, voici comment la mort
de Marguerite d'Autriche est racontée par le manuscrit n° 6,
auquel on vient d'emprunter la légende de Colomban :

MORT DE MARGUERITE.

« Marguerite d'Autriche, qui n'avait vu son monastère depuis
« l'année 1517 qu'elle était partie pour son gouvernement de
« Flandres, désireuse de le voir, elle résolut d'aller à Brou ;
« mais comme elle ne voulait pas y arriver les mains vuides, et
« sans y apporter quelques présents, elle fit faire de très-belles
« tapisseries soit pour l'église, soit pour son appartement. Elle
« en envoya quatre pièces qui sont encore dans la sacristie de
« Brou, qui servent pour orner le sanctuaire les jours solen-
« nels ; elles sont de soie ; dans toutes les quatre il y a un arbre
« généalogique soutenu par deux autruches avec des écrits où
« sont ses armes et celles de Jean de Castille, son premier

« mari, et les armes de Portugal ; au-dessus il y a cette devise :
« *Manus Domini protegat me.*

« Cette princesse fut à Anvers pour y faire faire des livres
« pour la bibliothèque de Brou. Elle y demeura deux ans
« entiers pour ce sujet. Et comme ils furent parachevés sur
« le vélin, elle les fit emballer ; et partit pour se rendre à
« Malines, pour y régler quelques affaires qu'elle y avait avant
« son départ pour Brou. Elle arriva à Malines le 1er novembre
« 1532.

« Quelques jours après, avant que de se lever, elle demanda
« à Magdeleine de Rochester, sa demoiselle suivante, de l'eau
« pour boire. Cette demoiselle luy apporta de l'eau dans une
« tasse de cristal. Après que la princesse eut bu, elle remit la
« tasse à sa demoiselle, qui la laissa tomber au-devant de son
« lit, et par conséquent se mit en pièces. Un petit reste de
« cristal entra dans une de ses mules. On ramassa tout ce qui
« était par terre ; mais on ne s'avisa pas de secouer ses mules.
« Quelque temps après, la princesse se leva et, ayant pris ses
« mules, s'en alla auprès de son feu. Elle s'aperçut que quelque
« chose la blessait et même la piquait au pied ; elle appela une
« de ses demoiselles qui regarda ce que c'était et vit que c'était
« un petit brin de cristal qui lui était entré dans le pied. Elle
« le retira adroitement, et l'endroit de la blessure jeta très-peu
« de sang. Marguerite d'Autriche crut que ce ne serait rien, et
« elle le négligea. Cependant le 22, au matin, du mois de no-
« vembre, le pied luy faisant de grandes douleurs et la jambe
« s'étant enflammée, elle fit appeler ses médecins, lesquels
« ayant vu son pied, jugèrent qu'il gangrenait. Ils consultèrent,
« et la fin de la consulte fut qu'il fallait couper la jambe pour
« empêcher un plus grand mal. Ils le dirent à l'abbé de Moneu
« (on lit de Montécut et de Montcourt dans d'autres manu-
« scrits), son confesseur et son aumônier, afin qu'il déterminât
« cette princesse à une opération si dangereuse. L'abbé de

« Moneu prit son temps pour luy parler de l'opération que les
« médecins avaient résolu de faire le 23 du même mois.

« L'abbé de Moneu fut à sa chambre et, après quelques
« discours, il luy dit la cause de sa visite. Marguerite d'Autriche
« fut surprise de ce que son aumônier luy disait ; cependant
« comme elle crut qu'elle ne pouvait sauver sa vie autrement,
« selon le sentiment des médecins, elle s'y résolut.

« Mais avant que de prendre jour de l'opération, elle dit à
« son confesseur que, l'opération étant dangereuse, il fallait
« mettre ordre à sa conscience et se munir des sacrements, afin
« que Dieu l'assistât dans ce moment et lui donnât des forces
« pour souffrir patiemment. Elle ordonna qu'on la laissât en
« repos et que l'on dit à ceux qui viendraient pour la voir,
« qu'elle n'était pas visible. Et, pensant sérieusement à sa
« conscience pendant deux jours, le 25, elle fit avertir son
« confesseur ; elle continua, le 26, sa confession ; et, le 27 au
« matin, elle communia. Les 28 et 29 furent employés à ses
« affaires domestiques, et le 30 fut le jour de cette funeste
« opération.

« A quatre heures après midi, les médecins et les chirurgiens
« se rendirent à l'hôtel de la princesse. Tout étant prêt pour
« l'opération, les médecins, pour empêcher qu'elle ne sentît
« les douleurs, luy donnèrent de l'opium. La dose se trouva
« un peu trop forte : Marguerite d'Autriche s'endormit, mais
« d'un sommeil si profond qu'elle ne s'éveilla jamais. Quand
« l'opération fut faite, les médecins convinrent de la laisser
« dormir ; et cependant, comme l'on s'aperçut qu'à minuit passé
« elle ne s'éveillait point, ils voulurent l'éveiller ; mais en vain :
« son âme avait quitté son corps pour jouir d'un repos éternel...
« Elle mourut sans avoir eu le plaisir de voir son magnifique
« et somptueux édifice. »

Note troisième.

Dites, je préfère,
A Guillot de faire
De bonnes liqueurs!

MM. Guillot, père et fils, ont eu, comme distillateurs et confiseurs, la réputation la plus étendue et la mieux méritée. Ils servaient les maisons princières et ne pouvaient satisfaire à toutes les commandes de la France et de l'étranger. Leurs liqueurs et leurs gelées de fruits étaient surtout estimées. Leur établissement, cher aux gourmets, n'existe plus depuis quelques années. Heureux est le maître de maison, qui peut encore offrir à ses convives de la liqueur de Guillot!

—

Note quatrième.

Vive l'Empereur!
Une voix trop vive
Répond : Le Roi vive!

Ces vers, dont on ne garantit pas la fidélité historique, rappellent un incident analogue et plus authentique. En 1815, après les *cent-jours*, lorsque le cardinal Fesch reprit le chemin de Rome avec sa sœur, Mme Lætitia, il passa par Bourg et

descendit à l'hôtel de l'Ecu de France, rue Notre-Dame. Le curé
vint le prendre pour le conduire à l'église. Le désir de voir
l'oncle et la mère de Napoléon avait attiré beaucoup de curieux.
Et, lorsque parurent les illustres fugitifs, une voix s'avisa de
crier: *Vive l'Empereur!* Pour étouffer ce vivat intempestif, une
autre voix répondit avec force: *Vive le Roi!* Mais la première
reprit plus haut encore: *Vive l'Empereur! vive l'Empereur!* et
trouva de l'écho autour d'elle. L'empire eut alors un dernier
triomphe sur la royauté; mais ce triomphe coûta cher à notre
ville. Les Autrichiens la frappèrent d'une imposition extraor-
dinaire de soixante mille francs, qui devaient leur être comptés
le même jour, à trois heures de l'après-midi. Grâce au dévouement des citoyens, la somme fut réalisée à midi et la ville fut
sauvée.

—

Note cinquième.

Le peuple en sabots.

Ce vers rappelle un mot de Napoléon qui honore trop la
Bresse pour être oublié. Reproduit sous la forme poétique dont
l'a revêtu M. Eugène de Pradel, ce sera d'ailleurs un souvenir
agréable des trois séances que l'illustre improvisateur a données
à Bourg, au printemps de 1845.

> En voyant les fils de la Bresse,
> On assure que l'Empereur
> Dit à l'aspect de leur jeunesse:
> « Je lis dans le fond de leur cœur;

« Au premier bruit ils sont sensibles,
« Mais plus tard ce sont des héros,
« Et les Bressans sont invincibles
« Quand ils ont cassé leurs *sabots*. »

—

Note sixième.

Lors on s'écria :

Tiens ! la cavalcade

Va voir la cascade

De Ceyzéria !

Avant de parler de la cascade, une petite dissertation. Il ne s'agit pas de l'origine de ce village et du hameau voisin Mont-juli, dont les noms réunis forment une petite phrase latine : *mons Julii Cæsaris* (montagne de Jules César) ; et encore moins de la plaisante latinisation des noms de

Treffort, Meillonnas, Jasseron, Treconnas, Ceyzeriat, (*Tres fortes milites jacuerunt ante Cæsarem.*)

villages situés dans le même ordre au pied du Revermont. D'habiles antiquaires ont disserté sur la castramétation romaine, dont on voit des vestiges non loin de là, au sommet de Cuiron (*Quirinus*) et que l'on attribue à Jules César ou à l'un de ses capitaines. — Il s'agit simplement d'une question d'orthographe, et encore ne la soulève-t-on que pour avoir le plaisir de citer M. de Lalande.

L'illustre astronome écrivait, le 30 septembre 1804, dans le *Journal de l'Ain:*

« Le cadastre auquel on travaille amènera probablement une
« nouvelle carte de notre département; il est donc utile d'ob-
« server que dans la grande de France en 183 feuilles, plusieurs
« noms sont mal écrits. C'est dans Guichenon qu'il faut les
« prendre; ainsi l'on doit écrire *Cesiria* et non pas *Cezeriac.*
« Ce fut le président De Brosses qui fit ajouter un *c* à plusieurs
« noms de villages, parce qu'il disait que la terminaison des
« mots celtiques d'habitation était en *ac;* mais cette raison ne
« peut suffire pour dénaturer l'orthographe consignée dans le
« plus ancien et le plus instruit de nos auteurs.

« DE LALANDE. »

Deux mois après, on lisait encore dans le même journal :

« ..... Je viens d'assister à la 35ᵐᵉ représentation d'*Androclès*
« *ou le Lion reconnaissant*, mélodrame de M. Desbotières qui
« a long-temps résidé à *Cesiria* et qui a épousé Mˡˡᵉ Frilet. Il a
« trouvé dans un fait connu de quoi faire une pièce ingénieuse,
« touchante, bien conduite, bien dialoguée et qui m'a fait une
« grande impression.

« DE LALANDE. »

M. de Lalande avait du goût pour les réformes grammati-
cales. Une année avant, il avait fait imprimer la lettre suivante:

« *Lalande, de l'Institut national, à ses collègues dans la classe*
« *de la langue et de la littérature françaises.*

« L'Académie française annonçait que ses droits se rédui-
« saient à attester l'usage; mais elle y pouvait influer, et elle

« le devrait dans les choses visiblement défectueuses. Je propose
« à la classe d'essayer son pouvoir dans une chose qui embar-
« rasse les étrangers, souvent les Français et l'Institut lui-même.
« Le mot *vent* se prononce comme *vant*; et nous ne savons pas
« si notre confrère Ventenat s'appelle *Vintenat* ou *Vantenat*,
« si notre premier mois s'appelle *vindémiaire* ou *vandémiaire*.
« Ne pourriez-vous pas annoncer que vous écrirez par *a* ce qui
« se prononce *a*? L'exemple servirait d'autorité, et vous ren-
« driez service aux Français. Si vous ne daignez pas me faire
« réponse, permettez du moins que j'imprime ma demande.

« Salut et respect. »

Pour revenir à notre village, lequel a raison ou de l'astronome
bressan avec l'autorité de Guichenon, ou du président De
Brosses avec son étymologie celtique? L'usage répond : Ni l'un
ni l'autre. En effet, l'usage n'a consacré ni le *Cesiria* de Guichenon, ni le *Cezeriac* du président De Brosses. L'usage veut
aujourd'hui que l'on écrive *Ceyzériat*, de même qu'il a fait
Mézériat de *Meziriac* (nom du traducteur d'Ovide). Si, au lieu
de l'usage, on suivait l'étymologie, il serait naturel de préférer
Cezeriac à *Cesiria*, parce que *Cezeriac* se rapproche davantage
du nom latin *Cœzeriacum* qui se trouve dans les anciens titres
et notamment dans une charte de 1329. Mais, on le répète,
l'usage, qui est le souverain maître en fait de langage, veut
que l'on écrive *Ceyzériat*. — Inutile de dire que, dans les vers
rappelés en tête de cette note, on a supprimé le *t* final pour
l'exactitude de la rime, ce que permet aussi l'usage en poésie.

LA CASCADE DE CEYZÉRIAT.

« Aux pieds des murs de la partie du village de Ceyzériat,
« appelée *la Ville*, s'ouvre subitement une coupure qui forme

4

« la tête d'un vallon étroit et profond, où se précipite une
« petite rivière qui prend sa source à la partie orientale de cette
« commune. Après avoir servi un moulin assis sur le roc au-
« dessous d'un pont, le ruisseau tombe en nappe presque per-
« pendiculaire, puis roule avec fracas au milieu des rochers.
« Le vallon s'élargit insensiblement, ses bords deviennent
« moins abruptes, ils se prolongent en s'ouvrant dans le trajet
« de près de 3 à 4 kilomètres : le fond de ce vallon est en
« prairies; leur surface devient plus plane à mesure qu'on
« s'éloigne de la cascade; elles vont se perdre au loin, ainsi
« que les deux accottements qui s'abaissent insensiblement.

« Les environs de la cascade sont rapides, mais plantés de
« noyers, frênes et autres arbres de haute taille; le reste des
« coteaux latéraux du vallon est garni de bouquets de bois,
« d'arbres à fruits et de saules. Le spectateur, placé au sommet
« de l'angle, jouit du coup-d'œil le plus pittoresque : il n'est
« pas moins agréable dans le bas, à une assez grande distance
« de la cascade, lorsqu'on porte ses regards du côté de l'est;
« alors les deux côtés du vallon vont en se rapprochant de part
« et d'autre : ils forment un amphithéâtre d'un aspect agreste,
« mais majestueux et ombragé; son centre est couronné par la
« cascade, le moulin, des grottes : cet ensemble est surmonté
« de maisons et de terrasses d'un grand effet dans ce beau
« tableau. »

Il existe au milieu de ce vallon des filets d'eau connus sous
le nom de *Fontaine - Rouge ;* ce sont des eaux minérales,
toniques et apéritives. Il y a plus de cent ans qu'elles ont été
observées et conseillées par le médecin Dunoyer. Les personnes
qui contribuèrent le plus à leur réputation, dans le pays, furent
ensuite M. de Lalande et ses amis, M. Bernard, ancien conseiller,
et M. Monnier, habile médecin de Bourg.

M. Bernard fit creuser un puits d'environ 10 mètres pour

réunir ces eaux; on introduisit dans le puits une colonne de futailles sans fond et la colonne fut remplie de graviers jusqu'à fleur de terre.

L'administration de la province de Bresse consacra environ 3,000 francs tant à ces travaux qu'à l'acquisition du terrain.

L'eau se rassembla dans le puits en quantité suffisante pour les buveurs, mais pas assez abondamment pour former un réservoir. Le succès ne fut pas complet; et puis la difficulté des abords, l'indifférence des habitants, leur crainte de l'expropriation pour cause d'utilité publique, car le terrain acquis était insuffisant pour un établissement, tous ces motifs firent négliger l'usage de ces eaux : et le petit terrain qu'avait acheté la province fut peu à peu usurpé à l'époque de la révolution. De sorte que depuis 25 ans il n'existe plus de traces de l'ouvrage de M. Bernard.

En 1819, M. Th. Riboud proposa de nouveaux moyens de réunir les eaux minérales de Ceyzériat et d'en rétablir l'usage. C'est au travail de cet auteur estimable que sont empruntés par analyse les détails qui précèdent et textuellement la description de la cascade.

Note septième.

De gente Margot.

C'est ainsi que Marguerite d'Autriche s'est elle-même désignée dans son fameux distique; avant de le citer, il convient de rappeler les *fortunes* et les *infortunes* de cette princesse.

Marguerite d'Autriche, fille de l'empereur Maximilien et de

Marie de Bourgogne, naquit à Bruxelles le 10 janvier 1479 ou 1480, suivant les auteurs. Cette différence d'une année, qui se retrouve dans la plupart des dates relatives à Brou, tient sans doute à ce que les uns font commencer l'année à Noël et les autres au 1er janvier. A l'âge de trois ans, Marguerite fut fiancée, on dit même, mariée au dauphin de France (le roi Charles VIII). « Au mois de juillet, en celle année mille quatre « cents octante trois, furent solennisées les nopces dudit seigneur « dauphin avec madite dame Marguerite en la ville d'Amboise, « en grand'pompe et royal appareil. » (Paradin, chap. 82.) Charles VIII, préférant à l'espoir de la possession future de la Bourgogne la réunion immédiate de la Bretagne à la France, rompit son mariage avec Marguerite pour épouser Anne de Bretagne. Marguerite fut renvoyée à son père Maximilien. A dix-sept ans, elle fut accordée à Jean de Castille, infant d'Espagne, fils de Ferdinand V, roi d'Aragon, et s'embarqua sur une flotte brillante qui faillit périr dans la Manche. C'est pendant la tempête qu'elle composa le fameux distique et se l'attacha au bras pour être reconnue. Jean Lemaire prétend que ce fut le lendemain, quand la mer devint calme; qu'alors, la princesse devisant du danger passé avec les dames de sa suite, *le propos fut mis que chacune deust ditter son épitaphe.* Il existe plusieurs versions du distique. Voici celle de Jean Lemaire, adoptée par M. Baux :

Cy gist Margot, la gentil' damoiselle,
Qu'ha deux marys et encor est pucelle.

Voici la version de quelques manuscrits :

Ci gît Margot, la noble demoiselle,
Deux fois mariée et morte pucelle.

Voici enfin la version la plus connue et la meilleure, sinon la mieux justifiée :

> *Cy gît Margot, la gente damoiselle,*
> *Qu'eut deux marys et, si, mourut pucelle.*

Le mariage avec Jean de Castille fut célébré à Burgos ; mais ce prince mourut la même année. *Apres ceste desfortune fut ladite dame mariée pour la tierce fois au beau duc Philibert de Savoye.* La cérémonie eut lieu au mois de novembre 1501 à Roman-Moutier, dans le pays de Vaud. Le bonheur qui suivit cette union ne fut pas de longue durée. Car trois ans après, en 1504, au mois de septembre, « le beau duc Philibert estant allé « chasser en un lieu nommé Lagnieu, avoit faict apprester son « disner aupres d'une fontaine, au lieu de Sainct Bulba, qui « est du mandement et jurisdiction de Loyettes, et ayant chaud, « print trop grande fraischeur aupres d'icelle fontaine, qui luy « engendra un pleuresis : dont se sentant mal ledit seigneur, « se retira incontinent en son chasteau de Pont d'Ains, lieu « fort délectable, auquel lieu fut si pressé, que bien tost apres « vint à rendre l'esprit à Dieu, en l'an de son aage vingt cin- « quieme. » (Paradin, chap. 95.) Ce fut après la perte de ce troisième et dernier mari que la jeune veuve Marguerite composa la devise :

FORTVNE. INFORTVNE. FORT VNE.

que l'on retrouve à chaque pas dans l'église de Brou et dont on s'est évertué à découvrir le vrai sens. Les uns l'ont traduite par :

> *Bonheur, malheur, très-unique ;*

d'autres par :

> *Bonheur, malheur, bonheur :*

image des vicissitudes de la vie de cette princesse ; d'autres enfin par :

> *La fortune en infortune fort une,*
> *(Fortuna infortunat valdè unam),*

c'est-à-dire, le sort persécute beaucoup une femme. En cherchant à faire prévaloir telle ou telle interprétation, on a méconnu, ce semble, le véritable mérite de cette devise, qui consiste précisément en ce qu'elle est susceptible de plusieurs interprétations.

—

Note huitième.

> *Le chevreuil qu'on lance*
> *Au bois de Seillon.*

La Bresse est très-boisée. Du haut des montagnes du Revermont quand on regarde la plaine, on voit d'immenses masses de bois qui semblent s'étendre sans interruption de Coligny à Meximieux. Le fourré des taillis abrite encore des bêtes fauves qui échappent au plomb du chasseur ou, pour mieux dire, à la fonte du braconnier.

La forêt de Seillon provient de la belle et grande chartreuse de ce nom, la 20ᵉ de l'ordre, qui fut fondée en 1178 et dont il reste encore quelques bâtiments. Du temps des chartreux, les habitants de Bourg exerçaient des droits d'usage dans cette forêt. Le domaine de l'Etat, qui en est propriétaire depuis la révolution, a reconnu leurs droits de pâturage et de panage, mais non celui de mort-bois et de bois mort, la commune n'ayant pas produit ses titres à cet égard. Les pauvres des faubourgs continuent cependant à l'exercer, à leurs risques et périls. Un manuscrit de 1786 rapporte que la ville de Bourg possédait dans cette forêt *la pie dite le Pataguïn (Papegay*), et que les chartreux confondirent cette propriété dans les leurs, au moyen des titres de la ville (les originaux des concessions faites par les souverains) que leur remit un officier municipal sur la fin du XVIIe siècle.*

On voit dans la forêt de Seillon les ruines de deux petits monuments de l'empire. — A l'angle sud-ouest du canton du Pataguin, tout près d'une croisée de chemins, les agents forestiers firent planter un bosquet à l'occasion du mariage de Napoléon avec Marie-Louise, et, au milieu, ils élevèrent une pyramide surmontée d'un aigle aux ailes éployées. — Sur le bord du même canton, du côté de la route de Pont-d'Ain, et en face d'une petite avenue de peupliers, les mêmes agents plantèrent un autre bosquet en forme d'étoile; ils construisirent, au centre, un tertre de gazon, et, au-dessus, l'on plaça une colonne commémorative de la naissance du Roi de Rome. — Au retour des Bourbons, le maire de Péronnas fit abattre la pyramide et la colonne. Maintenant que l'on est plus calme, on déplore le zèle de ce fonctionnaire, zèle d'autant plus exagéré que ces monuments n'étaient pas seulement politiques et qu'ils

---

* C'est à la forêt de Seillon, et probablement dans le canton du Pataguin, que l'on tirait l'oiseau (le Papegay). « Le 9e may 1661, a esté ensépul-« turé dans l'esglise des Pères-Jacobins, M. Estienne Perret, advocat au « parlement, qui mourut le jour précédent dudit mois, au bois de Seillon, « de mort soudaine, tirant à l'oiseau.

« PERRIN, chan. » (*Registres mortuaires.*)

étaient aussi destinés à perpétuer le souvenir des plantations considérables effectuées à cette époque. Le Compte-rendu des travaux de la Société royale d'Emulation, année 1811, constate, à l'occasion d'une distribution de médailles, que plus de cinquante mille pieds d'arbre furent plantés alors sous la direction de l'inspecteur des forêts, M. LeDuc, depuis conservateur des forêts à Montpellier, et aujourd'hui en retraite à Bourg.

On vient d'ouvrir dans la forêt de Seillon de nouveaux chemins pour l'exploitation des bois. Ces chemins, à l'ombre des grands taillis et des arbres de haute futaie, feront les délices des promeneurs.

Note neuvième.

Un peu de vaillance,
Frères de Joubert !

Le général Joubert, né à Pont-de-Vaux en 1769 et parti comme grenadier volontaire en 1791, mourut glorieusement dans les champs de Novi, le 28 thermidor an VII (15 août 1799), à l'âge de trente ans.

Le 19 fructidor, les habitants de l'Ain, qui se trouvaient à Paris, furent convoqués au muséum des Antiques, rue des Petits-Augustins, et le *citoyen Riboud, membre du Conseil des Cinq-cents,* placé auprès du mausolée de Turenne, prononça l'éloge funèbre de Joubert. Le discours, vivement applaudi, fut suivi de celui du *citoyen Sonthonax, ex-législateur.* Le 30 fructidor, un autre éloge fut prononcé au *Champ-de-Mars* par *Garat, membre de l'Institut national.*

Les derniers moments du jeune guerrier sont décrits avec âme dans le discours du *citoyen Riboud.*

« ..... La trompette guerrière se fait entendre, le bruit du « canon remplit les airs, les cohortes du Nord s'ébranlent, le « cri *aux armes !* retentit de toutes parts.... Joubert, en le ré- « pétant, jette les yeux sur le portrait de celle qui lui fut unie « un mois auparavant ; cette image chérie reçoit un baiser, la « patrie reçoit un serment..... Le torrent s'avance sur les « Français avec l'impétuosité de la foudre..... L'ange de la mort « plane sur les champs de Novi, le sang humain coule..... La « liberté double le courage de nos guerriers. ... Joubert les « anime ; quatre fois l'ennemi est repoussé ; la terre est couverte « de ses morts ! La victoire nous sourit un instant, lorsque, la « fortune jalouse dirigeant l'instrument du carnage, le plomb « meurtrier part..... et Joubert est atteint..... Il tombe..... « *Marchez toujours,* s'écrie-t-il expirant sur le lit d'honneur. « Sa voix s'éteint bientôt, mais la pensée lui reste. Une main « affaiblie est son dernier interprète..... Un instant après, ses « yeux sont fermés pour jamais..... Joubert n'existe plus ! »

Deux mots suffisent pour caractériser le génie et le désinté-ressement de Joubert :

Lorsque Napoléon partit pour l'Egypte, il dit à la France alarmée: *Je vous laisse Joubert.*

Après l'expédition de Piémont, lorsque le roi Emmanuel offrit à Joubert de précieux tableaux : *Nous serions tous deux coupables,* lui répondit Joubert avec dignité, *vous en me les offrant, et moi en les acceptant.*

La ville de Bourg a donné le nom de Joubert à l'une de ses places et, au milieu, elle a élevé en son honneur une pyramide entourée de platanes. Elle n'existerait plus si la municipalité de Bourg avait eu le même zèle que le maire de Péronnas (v. la note précédente) ; on se contenta de biffer une partie des inscriptions.

4*

Depuis quelques années, les concitoyens de Joubert lui ont élevé une statue de marbre ; elle orne une place de la jolie ville de Pont-de-Vaux.

On a conservé à Pont-de-Vaux les couplets suivants dont les trois derniers sont de Joubert.

REGRETS ET ADIEU DES VOLONTAIRES DE PONT-DE-VAUX AUX DAMES DE LA VILLE.

Romance chantée le jour de Sainte Catherine de l'année 1791.

Quand la trompette guerrière
Fera retentir sa voix,
On nous verra sans effrois,
Mais non sans douleur amère,
Abandonner le séjour
Des vrais plaisirs de l'amour.

Adieu convives *charmantes !*
Ah ! connaissez nos regrets,
Peut-être adieu pour jamais
Au doux plaisir qui *m'enchante*
De revenir au séjour
Des vrais plaisirs de l'amour.

A tous nos serments fidèles,
Nous jurons par vos appas
De n'aimer qu'en ces climats :
N'êtes-vous pas les plus belles?
Comme nous jusqu'au retour
Conservez-nous votre amour.

Couronnés par la victoire,
Nous viendrons dignes de vous
Comme amants ou comme époux,
Pour le prix de notre gloire,
Jouir à notre retour
Des couronnes de l'amour.

RÉPONSE.

NOTE DU MANUSCRIT. Cette réponse à M. Bouchard dit le Poupon est de Joubert, grenadier volontaire, mort général en chef.

Je ne sens point de tristesse
A fuir loin de ce séjour.
Quoi! faut-il jusqu'au retour
Que je pleure ma maîtresse?
Ce régime-là n'est pas
Celui du Dieu des combats.

Dans notre aimable patrie,
Mars n'est jamais sans l'Amour :
Au premier bruit du tambour
Toute sa troupe chérie
Court dans de nouveaux climats
Fèter de nouveaux appas.

En Céladon imbécile
Faudra-t-il passer mon temps?
Puis, quand nous serons absents,
Les beautés de notre ville
Par des gens d'autres climats
Feront fèter leurs appas.

Il est peut-être à propos de noter ici la tradition qui se rattache au monument Joubert. La pyramide qui le termine aurait fait successivement partie des divers monuments dont on va parler.

Avant la révolution, il existait une pyramide dans le parc de Challes. On n'est pas d'accord sur sa destination : les uns disent qu'elle fut érigée à l'occasion d'une maladie du comte de Montrevel, d'après les vœux des habitants de Bourg ; d'autres prétendent que M. de Montrevel l'éleva en l'honneur de son chien favori, le fameux *Carillo*. La première destination s'expliquerait par les idées libérales de l'auteur du *Discours sur la bienfaisance et les privilèges de la noblesse de Bresse* (imprimé en 1784), par les plaisirs qu'il donnait aux gens du monde et par le travail qu'il procurait aux ouvriers. La seconde est également concevable : lord Byron n'a-t-il pas fait à son chien une tombe de marbre, qui est encore un des monuments les plus remarquables du jardin de Newstead, et pour laquelle il composa ces vers ?

VERS GRAVÉS SUR LA TOMBE D'UN CHIEN DE TERRE-NEUVE.

Qu'un homme sans renom, mais noble ou riche, meure,
Un artiste embellit sa dernière demeure
Et l'urne mensongère aux passants fait savoir
Les vertus qu'il n'eut pas, mais qu'il devait avoir.
Quant au chien, notre ami, l'ami le plus fidèle,
Dont la vie est à nous dès qu'on a besoin d'elle,
Le chien qui nous accueille avec tant de bonheur,
Le chien meurt oublié, le chien meurt sans honneur ;
Et la philosophie, expliquant le mystère,
Juge indigne du ciel l'âme qu'il eut sur terre ;
Tandis que l'homme, lui, cet insecte orgueilleux,

Aspire à monter seul dans les espaces bleus.
O poussière animée ! ô vile créature !
Homme ! ton amitié, ton cœur n'est qu'imposture.
Oui, plus d'un animal vaut mieux que tu ne vaux ;
Et tu devrais rougir d'avoir de tels rivaux !
— Passez, vous qui verrez par hasard cette pierre ;
Des pleurs ne viendraient pas mouiller votre paupière :
Ce n'est que mon ami ; mais je n'eus qu'un ami,
Et c'est là, pauvre chien ! là qu'il est endormi.

En 1793, lorsque les prétendus fédéralistes de Bourg revinrent du Jura, on fit sur la place d'Armes un feu de joie où l'on brûla l'effigie de Marat. Bientôt après, ceux qui venaient de féliciter les fédéralistes et de haranguer le peuple du haut du balcon de la *maison-commune,* en chantant : *A la guillotine Marat ;* ces mêmes hommes, lors de l'anniversaire de la prise de la Bastille, conduisirent le cortège de la fête et chantèrent sur la *place Marat* (place d'Armes) *l'hymne en mémoire des mauvais traitements que lui ont fait essuyer sur cette place les fédéralistes à leur retour du Jura ;* ces mêmes hommes, lorsque Charlotte Corday eut délivré la France du féroce démagogue (13 juillet 1793), firent avec la pyramide de Challes un monument au *martyr de la liberté ;* ils l'inaugurèrent avec pompe et représentèrent probablement le fédéralisme sous la forme d'un monstre, qui dut jouer le triste rôle qu'ils avaient fait jouer à l'effigie de Marat *.

Le 12 brumaire an III (novembre 1794), par suite de la proposition du représentant du peuple Boisset, motivée sur ce

---

* Le 1er vendémiaire an III, — à Cluny cadet, vitrier, pour fournitures par lui faites pour la construction d'un monstre lors de l'inauguration de Marat. — 15 livres.

que la pyramide gênait l'arrivée des voitures, le passage des troupes, l'entrée de la commune et les abords de deux fontaines publiques, le conseil général de la commune fit transporter ce monument au *Champ de la Fédération* (sur le Bastion) et disparaître les inscriptions qui *faisaient outrage au patriotisme des citoyens.*

Ainsi, trois mois après le 9 thermidor, on réédifia à l'angle nord-ouest du Bastion la pyramide Marat. La Société populaire proposa de nouvelles inscriptions, et le conseil général de la commune adopta les suivantes :

1re *table :*

A MARAT L'AMI DU PEUPLE.

2e *table à laquelle il n'y a rien à changer :*

ICI LES SANS-CULOTTES ONT RENDU JUSTICE AUX VERTUS DE MARAT.

3e *table à laquelle il n'y a rien à changer :*

MARAT, L'AMI DU PEUPLE, ASSASSINÉ PAR LES ENNEMIS DU PEUPLE.

4e *table :*

LES VERTUS CHÉRIES DES RÉPUBLICAINS SONT LA PROBITÉ, LA JUSTICE ET L'HUMANITÉ.

Comme on le voit, la 2e et la 3e inscriptions avaient déjà figuré sur le monument de la place d'Armes. Vraisemblablement, ce qui faisait outrage au patriotisme des citoyens, c'était cette désignation de *Bourg régénéré* qui était peut-être dans les autres inscriptions et qu'on venait d'abandonner, parce que tout le monde ne l'entendait pas de la même manière.

L'auteur ignore jusqu'à quelle époque la pyramide resta sur le *Champ de la Fédération*. Il a seulement remarqué, sur les tables de marbre noir conservées à la mairie, que la gravure de la dernière inscription n'est pas achevée.

La place qui reçut le nom de Joubert s'appelait auparavant *Montaplan*. L'auberge des Dombes, autrefois l'auberge de *Montaplan*, fut la première maison bâtie dans ce lieu. Elle s'éleva très-lentement, et les paysans, voyant cette lenteur de construction, disaient *monte à plan:* delà le nom de Montaplan donné à l'auberge et à la place.

Un des premiers actes de l'administration d'Albitte fut de faire construire une fontaine sur cette place; et partant de ce principe qu'*un des premiers et des plus heureux moyens de venger le peuple des longues et cruelles privations que lui firent endurer si long-temps la tyrannie, l'orgueil et l'égoïsme, est d'employer à son avantage et à ses besoins une portion des injustes richesses qui n'étaient auparavant employées qu'à servir les passions, le luxe, la mollesse et la perfidie,* ce représentant du peuple, dont notre pays maudit la mémoire, fit prélever la dépense sur une somme de 60,050 livres, qu'il avait fait confisquer au préjudice d'un négociant de Lyon (envoyée de Strasbourg et déposée à Bourg). — Cette fontaine, sur laquelle on a hissé, dit-on, la pyramide de *Carillo* et de Marat, est devenue le monument Joubert. Il s'est achevé sous l'empire en 1807. La Restauration en effaça le nom de l'Empereur, qui va être rétabli sur de nouveaux marbres.

Note dixième.

Du haut de son temple
Margot vous contemple.

Allusion aux célèbres paroles de Napoléon à son armée devant les pyramides : « Soldats, vous allez combattre aujourd'hui les « dominateurs de l'Egypte ; songez que, du haut de ces monu- « ments, quarante siècles vous contemplent. »

La plus grande pyramide, celle de Chéops, a 146 mètres d'élévation, 4 mètres de plus que le clocher de Strasbourg. C'est le plus haut monument qui existe.

—

Note onzième.

Avec Philibert.

Philibert-le-Beau était fils de Philippe II et de Marguerite de Bourbon. « Monseigneur Philippes de Savoye, dit Paradin, « après avoir acquis Chasey et Loyettes, qui sont deux places « situées auprès des rivières d'Ains et du Rosne, prenoit grand « plaisir de s'aller souvent esbattre et prendre le passe temps « de la chasse esdites places, à cause qu'il y a belle campagne « pour tel déduit : mesmement pour la course du lièvre. Advint « que chassant un jour, et picquant à toute bride après un « lièvre, venant à tresbucher son cheval, ledit seigneur tomba

« si rudement qu'il se rompit un bras ; et de ceste cheute fut
« longuement malade : tellement que l'on luy tira plusieurs os
« du bras, dont fut ledit seigneur en grand danger de sa per-
« sonne. Toutesfois il traîna longuement, et ainsi malade, se
« faisoit mener à l'église et par la ville de Bourg, par deux
« hommes, sur les espaules desquels il alloit s'appuyant. Et
« lors ledit seigneur Philippes et madame Marguerite de Bour-
« bon, pour la disposition et guarison dudit seigneur, vouërent
« de construire un monastère de l'ordre de Sainct Augustin,
« sous la reigle de Sainct Nicolas de Tollentin, au lieu de Brous,
« lez Bourg en Bresse, en un lieu où souloit desia dès long-
« temps estre une petite vieille église et prieuré. Aucuns disent
« que l'église parochiale de la ville y souloit estre. Tant y a que
« l'on y a souvent trouvé force medailles et monnoyes antiques,
« qui monstre bien que autrefois y avoit quelque chose excel-
« lente : aussi, à la vérité, le lieu de soy est tresplaisant, et
« l'assiette toute riante, l'aspect proportionné pour l'aisance de
« la veuë et descouvrant toute la ville, par le lieu qui est bien
« peu enlevé. Et fut ce vœu faict, tant pour la cause que dessus,
« comme aussi pour y dresser le lieu des sepultures desdits
« seigneurs et dames, et leurs successeurs seigneurs de Bresse :
« car ils avoyent des enfants. Et certain temps après, estant
« celuy seigneur revenu par la grace de Dieu à santé et conva-
« lescence, fit un voyage en Allemagne pour les affaires du
« roy. Pendant lequel temps ladite dame Marguerite de Bourbon
« sa femme, ayant longuement langui d'une pthisie, vint à
« se deseicher si fort, qu'il n'y eut jamais ordre de guarison :
« tellement qu'en l'an mille quatre cents octante trois, rendit
« son esprit à Dieu au chasteau de Pont d'Ains. Et suyvant son
« vœu, ordonna son corps estre ensepulturé au lieu de Brous,
« esperant que son mari, ou ses enfants, accompliroyent le
« vœu susdit. » Le duc Philippe promit à Marguerite de Bourbon
d'accomplir son vœu ; mais il vécut encore quatorze ans, jus-

qu'en 1497, sans tenir sa promesse, et il en laissa l'exécution à son fils et successeur Philibert II, dit le Beau. Comme on l'a dit dans la septième note, Philibert-le-Beau mourut fort jeune, trois ans après son mariage avec Marguerite d'Autriche, « de « manière qu'il n'eut loisir ny le temps de faire mettre à exé-« cution ledit vœu de ses père et mère. »

Ce fut donc Marguerite d'Autriche qui fit « fonder, bastir et « parachever ce somptueux édifice (le couvent et l'église de « Brou) pour la descharge de la conscience de ceux qui l'avoyent « voué et en l'honneur de son mari. »

Un vieux livre (*Généalogie des princes de Savoye*), imprimé en 1560, a consacré les vers suivants au VIIIe duc de Savoie:

Vers historiens.

Le beau Philibert fut huitième Duc de suitte
Et pour son épouse eut la blanche Marguerite.
De vertu Marguerite un miroir fut, et lors
Toutes Roynes passa d'excellence de corps.
Philibert la laissa veufve et sans ligne aucune
Dont le pays fut plein de pauvreté commune.
Quand son mary fut mort, elle luy fict bastir
Un temple nommé Brouz: qui passe sans mentir,
Pour la blancheur du marbre, et des choses fort rares,
Des Pyramides grans les miracles barbares.

Note douzième.

Des mangeurs de rave.

On ne doit pas prendre en mauvaise part cette désignation des Bressans. Il a été fait sérieusement un éloge de la Bresse et des Bressans sous le titre de *Rapina seu raporum encomium*, c'est-à-dire, *Le champ de raves ou l'éloge des raves ;* Lyon, 1540. Voyez Guichenon, pages 35 et 38 de la première partie, et au commencement de la troisième. L'auteur, Claude Bigottier, *professeur ez bonnes lettres* à Lyon, était, dit-on, de Treffort. Le poème latin *Rapina* dont Guichenon a donné quelques extraits, et dont voici un vers conservé par la tradition :

Tempore raporum gaudet Sabaudia felix,

paraît perdu depuis long-temps : il était inscrit sur deux inventaires de la bibliothèque de Sainte-Geneviève ; mais des recherches, faites en 1777 par les bibliothécaire et sous-bibliothécaire, MM. Pingré et Viallat, à la recommandation expresse de M. de Lalande, ont été infructueuses.

Note treizième.

Pour cet autre Urfé
Qui, dès son jeune âge,
Dans ton voisinage
A philosophé.

M. de Moyria, qui a chanté la Reyssouze comme Honoré d'Urfé a chanté le Lignon dans son *Astrée.*

Pour l'honneur du pays, il ne faut pas oublier qu'Honoré d'Urfé, marquis de Valromey, tenait à la Bresse par sa mère, Renée de Savoie, marquise de *Baugé;* qu'il faisait son séjour ordinaire au château de Virieu-le-Grand, et qu'il y composa le célèbre roman de l'*Astrée.* (Voyez Guichenon, article *Virieu-le-Grand.*)

Voici l'Idylle de la Reyssouze qui ne pouvait manquer à ce petit livre, puisqu'elle le complète et l'enrichit :

IDYLLE DE LA REYSSOUZE PAR GABRIEL DE MOYRIA.

Que j'aime ton rivage, ô modeste Reyssouze!
    Au sein d'un vallon doux et frais,
A travers le gazon d'une verte pelouse,
Sans bruit et sans effort ton onde coule en paix.
D'un destin plus brillant, ah ! ne sois point jalouse:
Le bonheur fuit l'éclat, et le bruit lui fait peur.
Garde-toi d'envier ces fleuves que l'on vante,
Qui roulent en grondant leur onde bouillonnante,
    Et qui, l'effroi du laboureur,

Détruisent en un jour le fruit de son labeur.
Ah ! ne vaut-il pas mieux suivre une douce pente
        Dans une heureuse obscurité,
Réfléchir en passant l'image vacillante
        Du saule au feuillage argenté,
Traverser mollement les fleurs de la prairie,
Répandre autour de toi la fraîcheur et la vie,
Par de nombreux détours, méandres gracieux,
Egarer au hasard tes flots capricieux,
        Et, tranquille comme à ta source,
Sans remords arriver au terme de ta course?

Ton sort est assez beau, puisqu'il est fortuné,
Il te donne des droits aux accords de ma lyre;
Pour toi je braverai le mépris, le sourire,
Dont on accueillera ton nom trop dédaigné.
Eh ! pourquoi ce mépris?... Le démon des batailles
N'a pas inscrit ton nom dans ses fastes sanglants,
Et tu n'as jamais vu d'illustres funérailles;
Mais la jeune bergère, aux attraits innocents,
Vient guider sur tes bords ses troupeaux bondissants;
Pour contempler ses traits, je la vois qui s'incline;
Naïve, elle sourit à sa grâce enfantine,
Et du besoin de plaire écoutant la leçon,
Arrange, avec un art que son sexe devine,
Le ruban virginal qui pare son menton *.
        Sur ta rive silencieuse
On n'entend pas les cris des bruyants matelots,
Ni la rame pressant ton onde paresseuse;

* Un ruban rose noué sous le menton est le signe distinctif des Bressanes qui ne sont pas mariées.

Mais la sœur de Progné fait redire aux échos
Les accents modulés de sa plainte touchante.
Tu n'ornes pas les murs d'une cité brillante,
Et le luxe jamais n'étale autour de toi
Les prodiges nouveaux d'une folle industrie ;
Mais, simple dans ses mœurs et fidèle à sa foi,
Un peuple vertueux, sans regret, sans envie,
Cultive en paix les champs qu'il tient de ses aïeux,
Et calme comme toi, des grandeurs oublieux,
Dans un doux abandon laisse couler sa vie:
Chercher plus de bonheur, ce serait s'égarer ;
Mais, parle : est-ce trop peu ? te faut-il de la gloire ?
Eh bien ! il est des noms qui peuvent t'honorer
Et dont la renommée a gardé la mémoire.

Ton cours au dieu des arts ne peut être inconnu :
C'est ici, sur tes bords, que jadis ont vécu
Vaugelas qui, des mots interprète fidèle,
Sut donner à la langue une clarté nouvelle ;
Faret que Despréaux, en sa caustique humeur,
Immola dans ses vers au besoin de la rime,
Et qui, malgré les traits de ce malin censeur,
D'un siècle ami des arts obtint la noble estime ;
      Bachet, savant commentateur
Du malheureux poète exilé par Auguste ;
Guichenon, dont l'esprit laborieux et juste,
Débrouillant le chaos des archives du temps,
A des antiques jours rapproché les instants ;
Ozanam qu'illustra la science d'Euclide ;
Vincent qui, du bon droit courageux défenseur,
Par ses mœurs, ses talents, sa probité rigide,
Fut du barreau français et l'exemple et l'honneur ;

Et Lalande surtout qui, d'un regard avide,
 Interrogeant les vastes cieux,
A des astres sans nombre, élancés dans le vide
 Compris et dévoilé l'ordre mystérieux ;
L'épouse de Marron qui, chaussant le cothurne,
 Et dévouant son âme aux tragiques douleurs,
A, pour charmer l'ennui de son loisir nocturne,
 De Raoul et Vergy retracé les malheurs ;
Des secrets du dieu Mars, Bohan dépositaire ;
Fenille, dont Cérès a dicté les écrits ;
Commerson qu'animait une ardeur téméraire
Et qui, portant ses pas aux bornes de la terre,
 D'une flore nouvelle a doté son pays ;
Le sage Reymondis, qu'eût envié la Grèce
  Et qui, de nos cœurs amollis
Dans ses doctes leçons combattant la faiblesse,
Nous apprend à goûter un bonheur vertueux ;
Joubert enfin, Joubert qui, jeune et radieux,
 Apparut comme un astre aux champs de la Victoire ;
  Et qui, laissant à l'avenir
De sa trop courte vie une longue mémoire,
  Comme Bayard sut réunir
La palme des vertus au laurier de la gloire.

Mais qu'importe la gloire à qui peut être heureux !
  Ah ! tu sauras toujours me plaire
  Sans l'éclat de ces noms fameux.
Etouffant dans mon sein les désirs curieux,
Je n'irai point chercher une rive étrangère :
La tienne m'a vu naître, et c'est assez pour moi ;
Je finirai mes jours où commença ma vie.
Un doux enchantement, une secrète loi

Me retient et m'attache au sol de ma patrie :
Tout m'y paraît plus beau , tout y charme mes yeux ;
Je préfère ses fleurs, et son ciel pluvieux
A pour moi plus d'attrait que le ciel d'Italie ;
Sans tristesse jamais je n'ai pu le quitter.

    Mais combien mon âme est émue,
Quel transport me saisit et me fait palpiter,
Quand la ville natale , au retour aperçue,
    De loin , présente à mes regards
Son ensemble indécis , et de ses toits épars
L'ondoyante fumée allant chercher la nue !
Lorsque je vois surtout ce chef-d'œuvre des arts *,
Qu'offrit à l'Eternel une reine pieuse,
    Et lorsqu'enfin je reconnais
Les sites , les gazons, les antiques forêts,
    Si chers à ma muse rêveuse !
Mais d'un charme plus doux je me sens animé ;
C'est ici que j'aimai comme on aime au jeune âge,
    Et peut-être j'y fus aimé.
Pour mon cœur, ô Reyssouze ! en faut-il davantage ?
Ce tendre souvenir, qui ne peut s'effacer,
D'un fantôme charmant a paré ton rivage.
Dans mon illusion je le vois s'avancer ;
Il m'approche , il me parle et me sourit encore.
    De l'incarnat de la pudeur
    Je vois son front qui se colore,
Et je lis dans ses yeux le secret de son cœur.
Je veux saisir l'objet du trouble qui m'enchante,
Répandre dans son sein des pleurs délicieux ;
    Mais , hélas ! l'ombre décevante
S'échappe de mes bras et s'enfuit dans les cieux.

* L'église de Brou.

Note quatorzième.

Reyssouze formée
De l'eau parfumée
Des bois de Journans.

La Reyssouze, qui traverse toute la Bresse et se jette dans la Saône près du pont de Fleurville, tant par le canal de Pont-de-Vaux, achevé depuis quelques années, que par son embouchure naturelle, prend sa source à Journans, village fertile qui produit de bons vins et qui est situé dans une gorge du Revermont. Du temps de Guichenon, ce village se nommait *la Tour de Journens,* et antérieurement, si l'on en croit l'ancienne carte citée dans la première note, on l'appelait *Jovien.*

La source de la Reyssouze est à l'entrée du village, un peu à droite, au pied des bois de Saint-Valérien qui couvrent de leur belle végétation une montagne rapide. Au milieu d'une pelouse accidentée et ombragée, l'eau jaillit dans un creux circulaire qu'une maçonnerie protège imparfaitement contre les éboulements. De là elle coule comme un ruisseau limpide à travers les vergers et les prairies de Journans, et déjà, sous le monticule pittoresque où s'élève le clocher de Montagnat,

C'est la lente Reyssouze au cours capricieux,
Menant parmi les prés ses flots silencieux.

Note quinzième.

En passant la planche.

Cette planche, qui était en amont du gué, vient d'être détruite. On l'a remplacée par une passerelle de pierre en aval du gué et en face du chemin, le long duquel chemin on a élevé un mur qui arrive jusqu'au bord de l'eau, et qui intercepte toute communication avec le terrain sur lequel aboutissait la planche. Or, de temps immémorial, on passait sur cette planche et sur ce terrain aujourd'hui intercepté, pour gagner la rive droite de la rivière et se rendre aux lieux de natation. Comment les baigneurs prendront-ils une pareille atteinte à leur droit d'usage ?

L'auteur, qui a souvent usé de ce droit, se rappelait assez les lieux pour les décrire de mémoire. Cependant il lui prit fantaisie de les revoir après avoir composé son poème et sa préface. C'est alors seulement qu'il vit les changements dont il parle.

L'impulsion est donnée ; d'autres murs s'élèveront au bord de la rivière ; et, quelque jour, les sentiers pratiqués depuis des siècles seront complètement supprimés. Le baigneur sera réduit au quai de la Reyssouze et aux fossés de l'allée de Challes. Cependant de longs murs pour garder quelques brassées de foin, est-ce un heureux calcul ? L'herbe marécageuse que l'on fauchera dans les sentiers paiera-t-elle jamais les frais de construction ? En vérité, ce n'est pas la peine, pour si peu, de gâter la campagne et d'entraver ces plaisirs de la jeunesse, la pêche et le bain, qui sont parfois la ressource et la santé du pauvre. Riverains, imitez le propriétaire de la forêt voisine. Les jeux, les danses, les promenades qu'il permet sous ses ombrages, lui coûtent plus de brins de bois que vous ne perdez de brins d'herbe.

Ne vous laissez pas aller à la poursuite aveugle du plus grand
produit possible, c'est-à-dire, à l'égoïsme et à l'intolérance;
c'est le mauvais côté de ce qu'on nomme

LE PROGRÈS.

Progrès, voilà le mot qu'aujourd'hui l'on proclame.
Heureux siècle! il s'éveille, il sort de la torpeur;
Il plie à ses besoins les métaux, la vapeur,
L'électricité même et sa rapide flamme.

Il est pourtant un mal que le poète blâme;
Beaucoup de ces bienfaits, dont le charme est trompeur,
Encouragent aussi des penchants qui font peur:
Redoublement du luxe, égoïsme de l'âme.

Tout bien compté d'ailleurs, quel profit espérer?
La Bresse, par exemple, afin de prospérer,
Etend partout ses champs, partout sème et défriche.

Depuis que l'on recueille un peu plus de froment,
Une ruche au soleil bourdonne rarement.
C'est du blé pour du miel; est-on beaucoup plus riche?

TABLE.

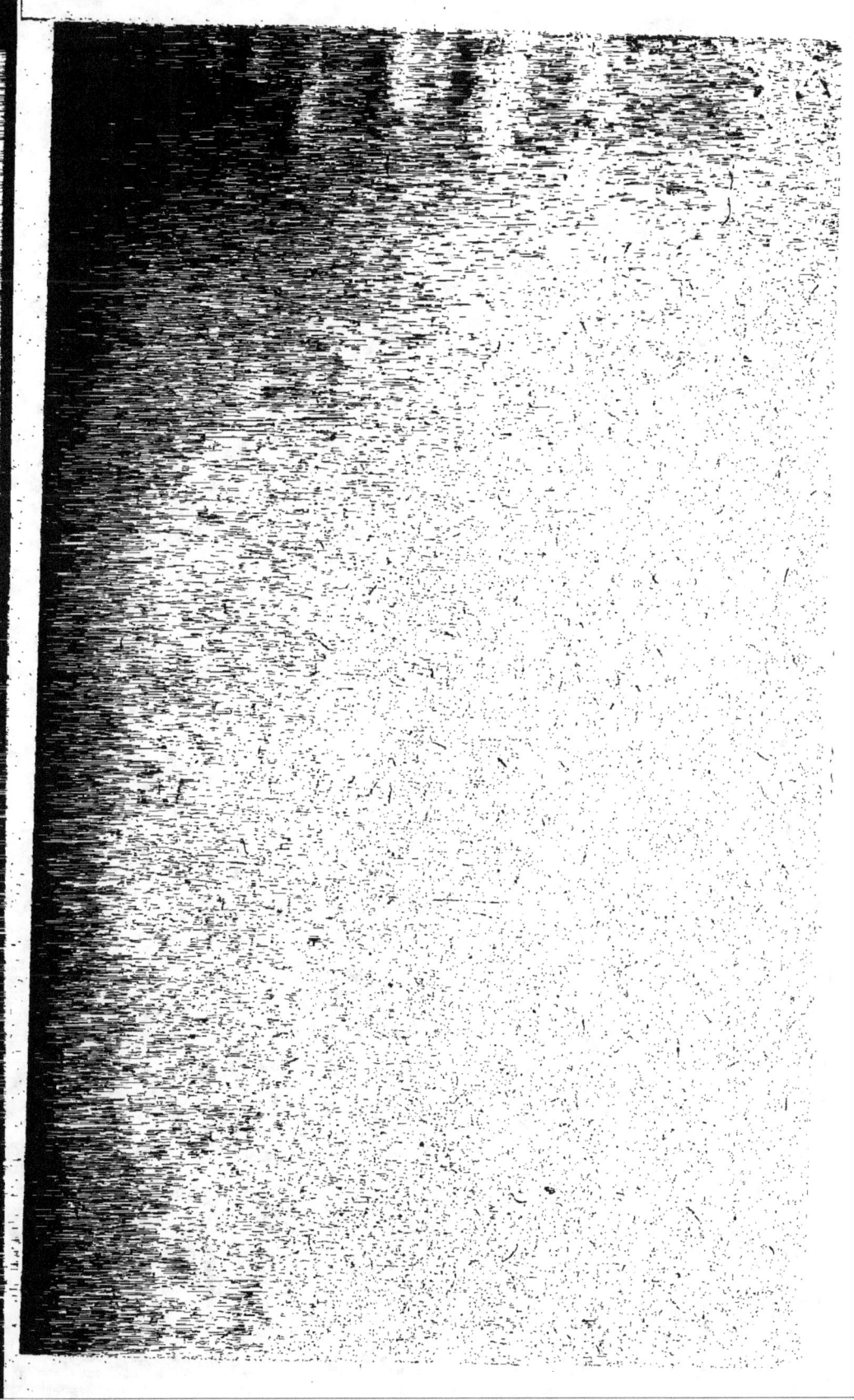

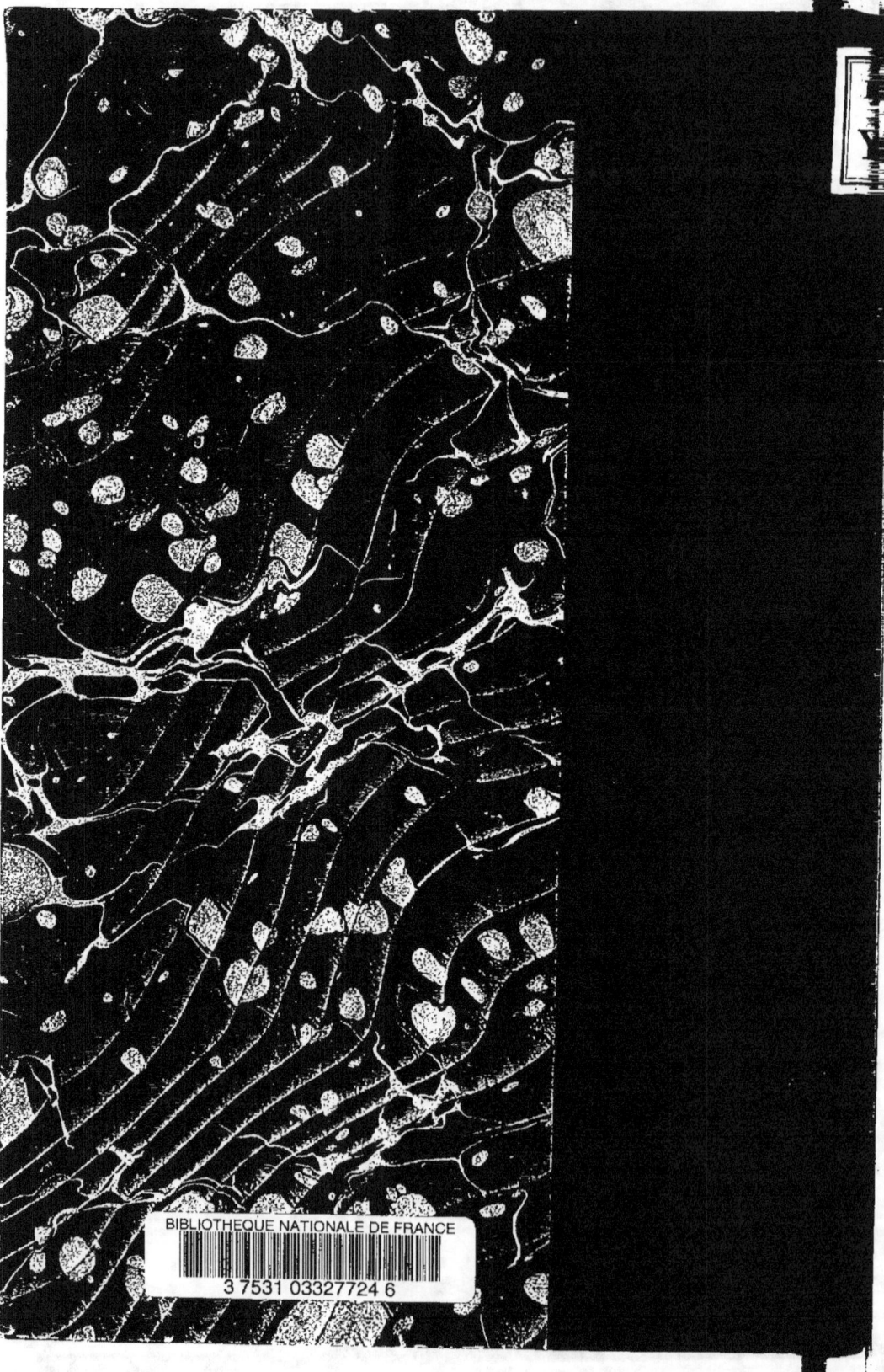

www.ingramcontent.com/pod-product-compliance
Lightning Source LLC
Chambersburg PA
CBHW060824250626
47162CB00005B/1940